筆談ホステス
母になる
ハワイより61の愛言葉とともに…

「〝人〟は〝一生〟、
新しいドアを〝叩き〟
開いていく、
その為の〝命〟」

〝命〟という字は、〝人〟が〝一つ〟〝叩く〟と書きます。人との出会い、新しいことへの挑戦…。子供たちには、生まれてきた喜びを噛みしめながら、そのすべてを楽しめる人に育ってほしいと思います。

「育児とは育自である」

子供を授かったことで、たくさん気づかされることがありました。〝育児〟とはまさに〝育自〟、自分を育てることでもあるのですね。

「人間は一生のうちに
逢うべき人には
必ず逢える。
しかも、一瞬早すぎず、
一瞬遅すぎない時に」

栄万の父親となる彼とお付き合いしようと決めた日に、頭の中で繰り返し響いていた先輩ママから教わった言葉です。人の出会いは偶然のようで必然。たくさんの出会いに感謝し、大切にしたいと思います。

「ひとりで見る夢は夢でしかない。
しかし誰かと見る夢は現実だ」

大好きなオノ・ヨーコさんの言葉です。聴覚障害を持つ私が銀座の〝筆談ホステス〟になれたように、一緒に夢を追ってくれる人がいれば、それは実現に一歩近づけることなのだと思います。

筆談ホステス　母になる
ハワイより61の愛言葉とともに…

目次

はじめに

私は、日本一の夜の街、銀座でホステスとして働いてきました。

そして、耳のまったく聴こえない聴覚障害者でもあります。

したがってお客様とのコミュニケーション手段は、おもに筆談でした。

私は、〝筆談ホステス〟として皆様に知られてまいりました。


そんな私が、子供を授かりました。

私はハワイへ渡り、出産することを選びました。

しかし、そこにはさまざまな難題が待ち受けていました。

相手の男性のこと、ホステスの仕事のこと、障害者として妊娠、出産し、子育てをするということ……。


昨年5月に処女作『筆談ホステス』を出版させていただいて以来、私を取り巻く環境は大きく変わりました。信じられないほど大きな反響をいただき、感謝の気持ちとともに、執筆することで多くの方に、微力ながらもメッセージをお届けできるということを知りました。9月には2冊目となる『筆談ホステス 67の愛言葉』、12月にはコミック版『筆談ホステス』上・下巻も出版させていただき、多くの方々に手にとっていただきました。ほかにも、テレビ番組出演やサイン会への出席、青森市観光大使にも任命していただきました。たった1年ほどのあいだに本当に多くの貴重な経験をさせていただいたのです。

「本当にありがとうございます」

本書では、処女作出版のあと、妊娠した私が出産に至るまでの日々をまとめさせていただきました。妊娠という人生のなかでの貴重な時間を、そしてその姿を残したいという思いからマタニティヌードにも挑戦させていただきました。

妊婦である私が、お腹の中の栄万（娘です）と過ごした日々、筆談というコミュニケーション方法で多くの方に出会い、いろいろな経験をさせていただいた約1年間の記録です。そのなかでの思いや筆談のメッセージをお伝えできればと思います。

「皆様へ、心を込めてお贈りいたします」

★命名

妊娠7カ月目にお腹《なか》の子を「栄万《えま》」と命名しました。文中では7カ月以前のお話でも「栄万」と呼ばせていただきました。まず、「栄万」と名づけた経緯をお話しさせてください。

3月のある日、プライベートでお世話になっている方の紹介で、姓名判断の先生でいらっしゃる高橋先生にお会いしました。私はぜひ、先生にお腹の赤ちゃんの名前をいただきたいと思いました。

知人のお店で偶然お会いした先生はとても笑顔が素敵な方で、私はすぐに心を許していました。そして、ご挨拶も兼ねて筆談させていただきました。先生は私のことを知っていてくださったようで、まったく気兼ねすることなくお話しさせていただきました。

「斉藤の名字にあう、お腹の赤ちゃんの名前をいただけないでしょうか?」

私は思い切ってお願いしました。

先生は私の苗字を調べたり、資料をご覧になりました。

今までにない緊張でずっと先生を見つめていると、ゆっくりと、丁寧に次のようにメモ帳に書いてくださいました。

「斉藤　栄万」

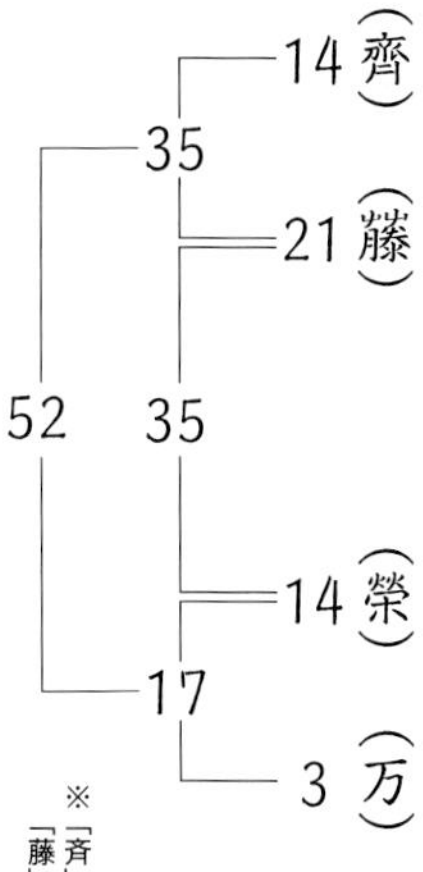

※「斉」は「齊」として14画扱い、「栄」は「榮」として14画扱いに、「藤」のくさかんむりは「艸」として6画扱いになっています。

初めてこの名前を目にしたとき、彼女にぴったりだと直感しました。

しかも先生によると、画数的にも素晴らしいということでした。それぞれの画数にこんな意味があることを先生から伺いました。

「35＝温良受愛」　素直で優しく、たくさんの愛を受けられる

「17＝意志強固」　意志が強いこと

「52＝先見の明」　事が起こる前にそれを見抜く見識

また、栄万という名前は外国でも覚えてもらいやすく、アメリカのある名前人気ランキングのサイトを見ると、女の子のランキングで、2位にランクインするほど人気だそうです。さらにある方からいただいたアメリカの赤ちゃんの名前辞典のコピーによると、ギリシャ語では神様がついている、元気があるという意味もあるそうです。

「これしかない。今すぐにでも決定したい」

そう思いました。

それでも名づけるのは、彼女の将来や、そのほかさまざまなことを考えて悩み抜いたうえでの決断でした。

私は何度も何度もメモ帳に「栄万」と書き続けました。

こうして命名し、お腹の〝赤ちゃん〟が、この日から〝栄万〟になったのです。

装幀　加藤　聡
題字&書き文字　斉藤里恵

筆談ホステス
母になる
ハワイより61の愛言葉とともに…

Chapter 1

筆談ホステス、母になる

★2009年5月『筆談ホステス』誕生

2009年5月、私は自分の半生を綴《つづ》った本『筆談ホステス』を出版させていただきました。発売以来、本当に多くの方から反響をいただきました。それは思っていたよりもはるかに大きく、驚きとしかいえないものでした。

「そんなに……」

「大丈夫かしら……」

といった感じです。もちろん声援をくださる方の見解もいろいろ、ご意見もさまざまでしたが、なにより障害者の方からも健常者の方からも、

「励みになりました」

「元気をもらいました」

といったお言葉をたくさんいただけて、とても嬉しく、逆に私のほうが励まされ、元気とパワーをいただきました。

出版前はまったく思いもしませんでしたが、こうして本を通して皆さんと心を交換し合えるんだなと感謝の気持ちでいっぱいになりました。

さらに、こんな私が今まで経験したことのない講演会への出席やテレビ出演などの機会をいただき、貴重な体験を数多くさせていただきました。最近では道ですれ違う方々にも声をかけていただけるようになりました。皆さん、温かな表情で、

「頑張ってください。応援しています」

と言ってくださるのです。涙が出るほど嬉しくて、申し訳ないくらいです。皆さんが応援してくださっているのだから、がっかりさせないようにもっとしっかりしなければ、襟を正して生きなければと励まされます。

また、3年前に上京してから一度も帰っていなかった青森の実家にも帰る機会を与えていただきました。両親との久しぶりの再会。いろんな話をすることができました。小さいころの写真を探していると、生まれ育った実家の懐かしい思い出がたくさんよみがえってきました。

「り、ん、ご……」

発音の練習に使う一語一語、口の形が描かれた母手作りの発音プログラム。

今、あらためて見ると上手にちぎって貼った折り紙ひとつひとつに、母の愛情がたくさん込められているのが痛いほど伝わって

きました。私は、こんなわがままな自分を愛してくれた両親への感謝の気持ちで涙をこらえることができませんでした。そんな大切な経験も、本の出版によって得ることができました。

まじめな人生を歩んでこなかった私にとって、出版は難しい一歩でした。それでも前に踏み出せたことは正しかったと思っています。

「その〝一歩〟は
〝少し〟でも確実に
正しい〝一歩〟です」

〝一歩〟という言葉を分解してみます。すると〝一〟〝止〟〝少〟の3つになります。これを私なりに組み合わせて解釈してみました。〝止〟の上に〝一〟を置けば、〝正〟しいとなります。つまり、〝少しでも正しい〟と読めます。〝一歩〟は、たとえそれがどんな一歩だとしても、少なからず正しいことなのだと思えるのです。

もちろん、喜ばしいことばかりではありません。母には、

「どんなに辛いことをされたとしても他人《ひと》の悪口を言うのはダメ。

愛言葉 1

「その〝一歩〟は
〝少し〟でも
確実に
正しい
〝一歩〟です」

私の人生は、つねに一歩を踏み出すことで、
多くを学んできました。
小さくても前に進むことで見える世界がきっとあります。

お店のママも学校の先生もかわいそう。他人のことをそんなふうに書いたら絶対にダメ」

と叱《しか》られてしまいました。昔、働いていた青森のお店のママを〝極悪ママ〟と表現したり、小学校の先生を〝こいつ最悪！　とんだ先生だったの！〟と描写したことでした。執筆の際は、そこまで書こうとは思っていませんでしたが、

「こんなこともあった」

という話の流れから、そうなってしまったのです。今思うと、先のことや相手の方々に対して考え不足でした。母の言うとおりで、大人げない行動だったといろいろ考えさせられ、反省しています。考え方を変えれば、お世話になったママや学校の先生も、私のために一生懸命になってくださったのです。今回のことで、課題をいただきました。感謝しております。

★さまざまな聴覚障害者

また当時、働いていたお店にも本を読まれて会いに来てくださ

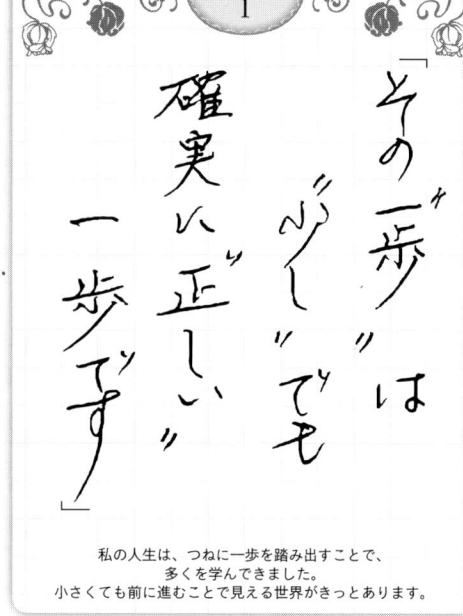

る方がいました。そして、そんな方々から、

「少し落ち込んでたのに、やる気にさせられちゃったよ」

などの、嬉しいお言葉をたくさんいただきました。

「大勢の方に読んでもらえて嬉しいことだけど、それぞれ見方、捉《とら》え方が違うので心配だよね」

「学校の先生や極悪ママは大変だったね。でも感謝だよ」

　と心配してくださる方もいたり、本当にさまざまな意見をいただき、自分を見つめ直す貴重な日々でした。

　さらに、

「里恵ちゃん、苦労したんだね、頑張ってるよね」

　といったお言葉をいただくと、恐縮もしました。まだまだ100パーセントの力を出し切っていないので、しっかりと頑張らなければ、がっかりさせないようにと、身が引き締まる思いでもありました。

　一方で、〝筆談ホステス〟であるはずの私が、実際に会ってみるとうまくはありませんが声を出していて、それに驚かれる方もいらっしゃいました。

　一般的に、私たち聴覚障害者はまったく話せないと思われがちなのですが、聴覚障害者の発声の程度もいろいろあり、小学生のころに聴覚を失われた方は比較的発声が上手なケースも多く、生まれつき聴こえない方でも難聴のレベルによっては、うまく発声できる方もいらっしゃるのです。

　聴覚障害者は、手話を使うのが普通だと思われている方が多いかもしれませんが、私が聾《ろう》学校（現在の特別支援学校）に通っているころは、学校で手話を教えてもらうことはありませんでした。基本的には、難聴者に手話を教えなくてもよいという方針だったそうです。その代わりに文字や言葉を正しく理解するために、発声の練習を行っていました。私の同級生にも、手話を独学で勉強している友人はいましたが、全体としては多くなかったように思います。

　私は、聴力ゼロでまったく聴こえません。発音が上手にできないので、間違いのないように筆談を中心に会話をしています。

　そして、

「ありがとう」

「ごめんね」

といった比較的発しやすい言葉は、上手に発声はできませんが、自分の声を出したほうが、少しでも相手に気持ちが表現できるのではないかと思い、声に出しているのです。

また、私のように小さいころから聴こえない場合、相手の口の動きを読むことを自然と覚えます。そのため読唇術とまではいきませんが、相手の方次第では、口の動きで簡単な会話であれば話の内容がわかるのです。

もちろん初めてお会いした方などとは筆談でお話しすることがほとんどですが、そんなこともあって、慣れてくると口だけで話せるようになることもあるのです。

私には当たり前のことだったのですが、もしかすると本の中での表現が少々皆様に誤解を招くようなところがあったのではと思い、あらためて言葉の難しさを感じました。

お店以外でも、たくさんの方に素敵な言葉や文章をいただきました。本を読んでお手紙をくださった方もいました。すべてが胸にしみ、考えさせられ、人間というものの深さを感じます。

私もそんな〝上質な人、感謝の心を忘れない人〟になりたいです。感謝の心を忘れない人はいつも人のありがたみを感じられ、より幸せでいられるでしょうし、そういう人からは、幸福なオーラが出てくるのです。

お客様からこんな言葉を教えていただいたことがあります。

「ギブ・アンド・ギブ」

ときとして見返りを多く求めてしまうあまり、相手に感謝できないことがあります。それは、相手との関係を〝ギブ・アンド・テイク〟だと思っているからではないでしょうか。

「与えているから、相手からも何かをもらうのは当然」

そう思ってしまうことはないでしょうか……。

相手が求めているものを与え続けられる心、見返りを求めない心があれば、相手から何かをいただいたとき、自然と感謝の気持ちが表現できるのではないかと思います。

「ギブ・アンド・ギブ」

この精神で、いつも感謝できる人になりたいです。

愛言葉 2

「ギブ・アンド・ギブ」

〝ギブ・アンド・テイク〟では、
「相手が自分のために動いてくれない」と思ってしまう。
この言葉のように与え続けられる人でありたい。

✿『筆談ホステス 67の愛言葉』出版、愛言葉とは

昨年9月には、2冊目となる本『筆談ホステス 67の愛言葉』を出版させていただきました。

私の半生を綴った処女作が予想以上の反響をいただき、たくさんの方から「勇気をもらった」との声をいただきました。

遠く離れた何万、何十万の方々に励ましの力を届けられたことが嬉しく、あらためて筆談による言葉の力を感じました。

そこで、これまで私が出会ったお客様やお店の仲間たちとの筆談でのやりとりのなかから、たくさんの方と共有させていただきたいと思った〝愛言葉〟を選び、本にさせていただくことにしたのです。

〝愛言葉〟とは、言葉を受け取った方の気持ちが少しでも温かくなるようにと、願いを込めて、皆様へ私が贈った言葉です。

本の中では、歴史上の偉人から著名人の格言、映画・漫画の台詞《せりふ》など、自分が日常で心を揺さぶられた言葉を筆談でお伝えしました。

なかでも、私なりのアレンジをきかせた、新解釈ともいえる漢字をもじった言葉には、たくさんの興味を持っていただきました。

例えば、これは、会社を辞めて独立しようと奥様に相談したところ、あまりよいお返事をもらえなかったというお悩みを抱えたお客様に贈らせていただいた言葉です。

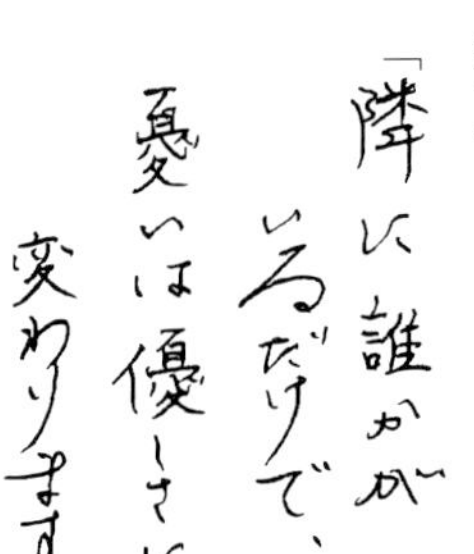
「隣に誰かがいるだけで、憂いは優しさに変わります」

〝憂い〟という字に〝にんべん〟を加えると、〝優しい〟という字になります。この漢字のように、憂いを持った人には、そっと隣に寄り添ってあげることがいちばんの優しさなのではと思い、この言葉を贈らせていただきました。

これは、本来〝優しい〟という漢字が持つ語源とは違うかもしれません。しかし、筆談で毎日漢字を書いていると、ふと漢字が教えてくれる人生の言葉に気づくのです。

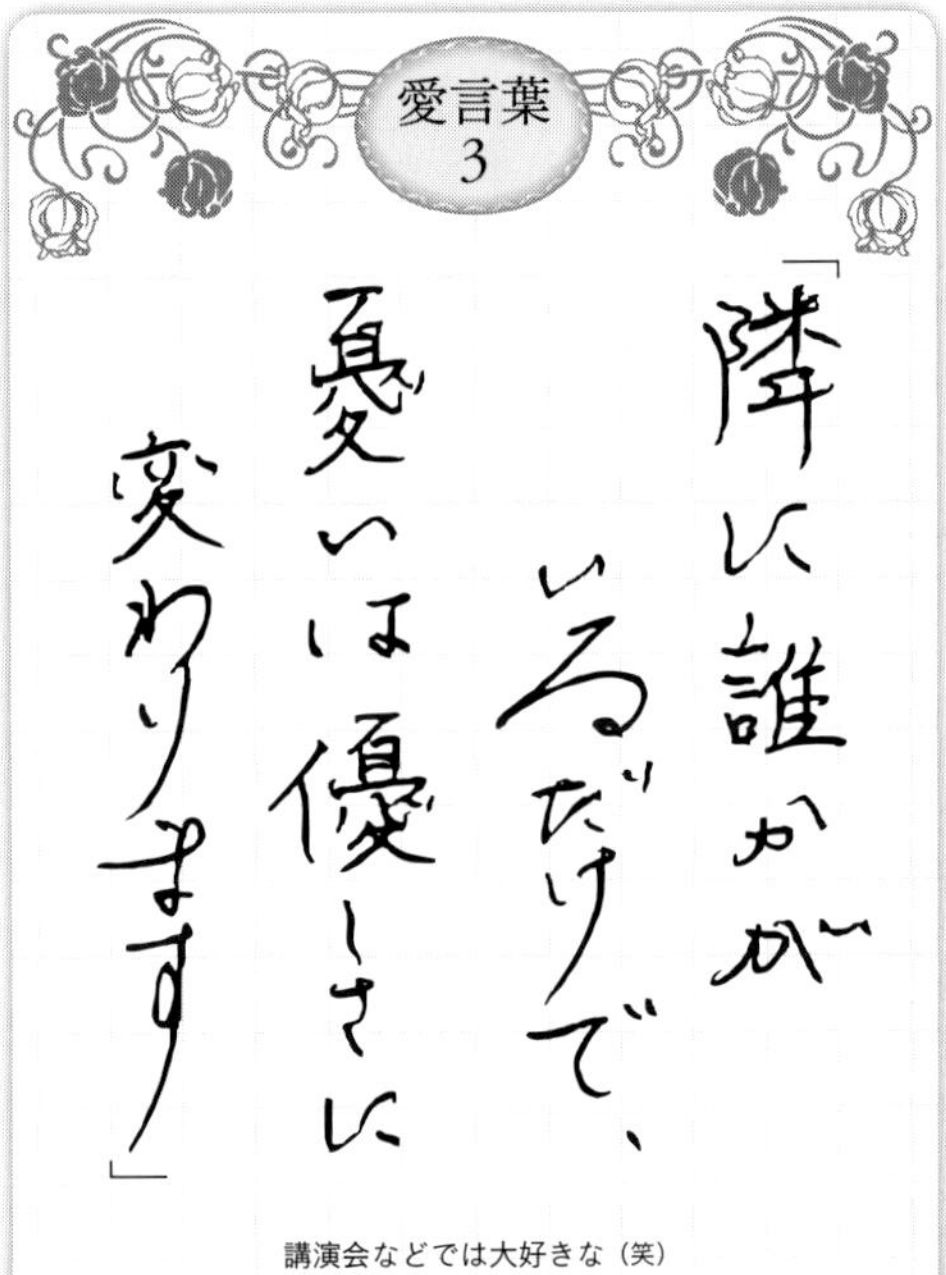
愛言葉
3
「隣に誰かがいるだけで、憂いは優しさに変わります」

講演会などでは大好きな（笑）
漢字新解釈の言葉をお贈りしています。
少しでも多くの方の心に残れば嬉しいです。

それはまるで、古来の人々が私たちに残してくれた希望のよう……。

漢字の新解釈は、筆談だからこそ楽しめるもののひとつであり、私の障害＝個性が気づかせてくれたものだと思っています。

★講演会という貴重な体験

『筆談ホステス』への予想もしない大きな反響に戸惑う私のもとに、講演会やイベント、テレビ番組への出演依頼が数多く届くようになりました。

正直、私は悩みました。

「耳も聴こえないこの私が、皆様の前でどんなことをお伝えすればいいのでしょうか……」

何日も悩んでいる私に、処女作の出版からご担当いただき、私に届くテレビ、雑誌、講演会、サイン会への出演依頼の窓口にもなっていただいている光文社の宮本修副編集長が言ってくださったのです。

「私はあなたにこう言いました。あなたが本を書くことで同じような障害を持つ方々の励みになるかもしれない。ひとりでも前向きな気持ちになってくれる人がいれば、それだけでも本を出す意味があるのではないですか。それは、テレビ番組でも講演会でも同じではないですか」

私はその言葉に背中を押され、できる限りやらせていただくことにしたのです。

しかし、ホステスが本業ですので、お仕事の妨げにならないように時間をうまく活用しなければなりません。そのため多くのご依頼をお断りしなければならなかったことは残念でもあり、申し訳ない思いでもありました。
初めてのサイン会は、銀座のパン屋さん、『スワンベーカリー』に併設された『スワンカフェ』で処女作『筆談ホステス』の出版記念という形でやらせていただきました。同社の海津歩社長には講演もしていただくことができ、とてもありがたかったです。初めてのことで緊張はピーク、こんな私のために来てくださる方がいるのだろうかという不安もありました。
しかしそんな心配をよそに、着付けをしてお店に着き、取材を受けている間に、いつのまにかたくさんの方が列をつくってくださいました。私はそれを見た瞬間、嬉しさのあまり、
「ありがとうございます」

と声にならない言葉を繰り返していました。

その日、私は必死でペンを走らせました。

なかには、私と同じ聴覚障害を持たれる方も多くいらっしゃって、真剣に私の書く言葉を読んでくださいました。長いと思っていた時間もあっという間でした。

そして最後に、

「辛いのは
幸せになる
途中ですよ」

本にも書き私が大切にしている言葉を書かせていただき顔を上げると、多くの方が笑顔で拍手してくださっていたのです。

それを見て私は、

「こんなにたくさんの方に集まっていただけるなんて。感謝とともに自分自身、もっとしっかりしなければ」

そう心に誓ったのです。

以降、たくさんのイベント、講演会に出席させていただきました。そこではおもに、筆談で私が大切にしている愛言葉とその解説をお話しさせていただいたり、質問コーナーを設けてお客様からのいろいろなご質問にお答えしました。普通の講演会とは少し違うかもしれません。

またこの冬には、青森市観光大使として青森市の成人式に参加させていただきました。そしてキラキラ輝く数千人の新成人の方々の前で、

「難題の無い人生は
"無難"な人生
難題の有る人生は、
"有難い"人生」

など大好きな言葉を贈らせていただきました。

式には、なんと親友の美幸の妹・亜子が出席していて、久しぶりに会うことができました。本当に印象に残るうれしい式典でした。

ほかにも日本全国からお声をかけていただいて、お話しさせていただきました。そしてそのたびにお客様から、

「ありがとう。一生懸命頑張ろうと思いました」

「言葉が素敵で、勇気がわいてきます」

などありがたい言葉をちょうだいして、私自身も元気をもらって励まされました。

愛言葉 4

「辛いのは
幸せになる
途中ですよ」

〝辛い〟という字に1本足すと〝幸せ〟という字になります。
辛いことの先にはきっと幸せが待っているはずなのです。

もしかすると、耳が聴こえないのにどうして講演会？　と思われる方もいらっしゃるかもしれません。でも私は、「何があっても大丈夫、辛《つら》いのは幸せになる途中ですよ」という思いを真剣にひとりでも多くの方々に伝えられればよいと思い、出席させていただいているのです。

★思いもよらぬバッシング

初めての著書『筆談ホステス』を出版させていただいて約半年、講演会やテレビ番組への出演と忙しくさせていただいているころ、一部の週刊誌に私に対するさまざまなバッシングともいえる記事が掲載されるようになりました。本の出版には多くの人がかかわります。私の目の届かないところで少しずつ行き違いが生じていたのかもしれません。それでも事実ではないことが、これほどまでに大々的に掲載されることに大きく戸惑いました。

確かに、私は筆談だけではなく、読唇術とまではいきませんが口の動きを読んで相手が何を話しているかを理解することがあります。また、「ありがとう」など、簡単な言葉であれば発することもあります。これは、私だけではなく、聴覚障害を持つ方にとっては珍しくないことですし、特に手話という手段を使いこなすことができない私にとって、こういった場面は必然的に多くなります。

私は1歳10カ月で聴力を失い、現在もまったく耳が聴こえません。しかし、手話を使い言葉は発さないといった、いわゆる聴覚障害者のイメージとは違う私の姿が、さまざまな誤解を生んでしまったのかもしれません。

それでも私はその一件から学ばせていただきました。

相手の方をどう行動させるか、相手の方をどう動かすかも自分次第。その方をどうよくするかも悪くするかも私の責任。私は、自ら人を嫌いになったことなんてほとんどないのです。でも、知らないうちにエスカレートさせてしまったのは私の責任だと反省しています。そうならないように行動すべきだったと学びました。

最近、そう考えられるようになったのです。

そんなとき、多くの方々が心配してくださり、働いているお店

愛言葉 5

「難題の無い人生は〝無難〟な人生
難題の有る人生は、〝有難い〟人生」

障害を持つ私は〝難題〟続きの人生でした。
でも、そのたびにたくさんの方に支えていただき、
成長させてもらえる〝有難い〟人生でもあります。

のママからも、

「負けるが勝ち」

「敵から味方を作れ」

という銀座らしい凛《りん》とした心強い言葉を教えていただきました。本当に心の救いになりました。この言葉を意識しながら行動してみると、心の持ちようや行動も穏やかになってきたような気がします。

　今のお店は私にとって、お世話になって学びなさいと神様が与えてくれた駆け込み寺のようなありがたい場所です。偶然ここに来たというような場所ではないと、私たち親子にとっても必然の場所だったと日々感じています。

愛言葉 6

「負けるが勝ち」

「敵から味方を作れ」

『筆談ホステス』を出版し、一部週刊誌などで否定的な記事を書かれることがありました。落ち込む私にお店のママがこう励ましてくれました。

★青森市観光大使として

本を出版してから、短期間で私の周りの環境は大きく変化しました。大変なことや辛いこともありましたが、聴覚障害を持ったホステスの私にも、たくさんの方に勇気や希望をお贈りすることができるとわかったことは、いちばんの喜びでした。

　そのなかでも、故郷である青森市の観光大使に任命していただいたことは、本当に嬉しいことでした。

　それも、青森市観光大使第1号。

　昨年11月、鹿内《しかない》博・青森市長がわざわざ東京まで来てくださり、私の青森市観光大使任命式を開いてくださいました。

　鹿内市長は、優しくて思いやりのある温かい方で、昨年のねぶた祭では花笠をかぶり、たすき掛けで跳ぶ伝統の〝跳人《はねと》〟をご一緒させていただきました。本当に光栄なことです。

　そんな鹿内市長から、青森の思いがたっぷり詰まった委嘱状を受け取りました。

　受け取るまでは、

「私でいいのだろうか」

という思いもあったのですが、そんな考えも委嘱状を受け取ることで変わり、いただいた機会ですからしっかりと責任を持って観光大使を務めようという気持ちになりました。

　そして今では、観光大使という責任をプレッシャーには感じず、どんどん青森をPRして、多くの方にとことん青森の魅力を知っていただいて、さらには自分自身も成長できればと思い、日々取り組ませていただいています。

　鹿内市長をはじめ、青森市役所の皆様、本当にありがとうございます。


　3年前に青森を飛び出して、銀座のホステスとなりました。そのころ、まさかこんなふうに青森へ帰郷できるなんて考えも及びませんでした。

　しかし、紛れもなく私の土台を作ってくれたのは、故郷である青森です。

　聴覚障害を抱えながらも、自分の進みたい道へ思いっ切り歩んでいく力も、そしてチャンスもこの街が私に与えてくれました。

　ですから、「恩返しができる」という意味でも、観光大使に任命していただいたことを、本当にありがたく思っているのです。


「寒さにふるえた者ほど太陽を温かく感じる」

愛言葉 7

「寒さにふるえた者ほど太陽を温かく感じる」

昔は〝青森一の不良〟と言われていた私ですが、
今は愛する子供も授かり、幸せいっぱいです。
厳しい冬にも必ず暖かな春が来るのです。

これは、アメリカの詩人、ウォルト・ホイットマンの言葉です。

　私は、障害を抱え、10代は荒れた生活を送っていました。家出をし、万引きや喫煙で母が学校や警察に呼び出されたことも少なくはありませんでしたし、高校も中退しました。今思えば、両親にもずいぶんと迷惑をかけてしまったと後悔することばかりです。

　そんな私ですが、今はたくさんの方に応援していただき、大切な子供も授かり、毎日幸せに包まれて生きています。

　それは、厳しい冬が終わり、ふっと春の日が差し始めたときの故郷・青森のようでもあります。

　この言葉を思い出すたび、自分の歩いてきた道と故郷を思い浮かべ、温かな気持ちになるのです。


　今年も8月には、ねぶた祭が行なわれます。いつかきっと、母親として、もう少し大きくなった栄万に、今だからわかる青森のよさを存分に見せたいと思います。

　空気がキレイで緑が溢《あふ》れ、ゆったりと時が流れる。春夏秋冬、季節を思いっ切り感じることのできる青森。その顔ともいえる夏のねぶた祭はもちろん、春は見事な雪の回廊が楽しめる「八甲田

〝雪の回廊と温泉〟ウォーク」、秋にはおいしい味覚満載の「雲谷《もや》新そばまつり・収穫祭」に、「田代高原秋のきのこ祭り」、そして冬は温泉にスキーはもちろん、「あおもり雪の〝街〟フェスタ」など、寒い青森だからこそのイベントが盛りだくさんと、いいことずくめなのです。そんな素晴らしいところを世界中の人たちにも伝えたい。

でも今は、まず栄万に見せられるのが楽しみでしかたありません。

★東北新幹線、新青森駅へ延伸

青森市観光大使として、もう少しだけ青森のPRをさせてください。

今年の12月4日、青森の悲願でもあった東北新幹線の八戸－新青森間が開通します。しかも来年3月からは、日本最速の時速320キロで走行する新型のE5系車両、愛称「はやぶさ」が走ることになったのです。それによって、最短3時間5分程度で東京から青森市まで行くことができるようになります。

現在は、新幹線を利用するのであれば八戸で特急列車、もしくはローカル線への乗り換えが必要で、最短でも4時間程度は確実にかかってしまいます。乗り継ぎ時間を考えるとすごく利便性がよいとはいえませんでした。

そんな交通事情により、今まで東京から青森へ来るチャンスを逃していた方にも、ぜひ新幹線に乗って、遊びに来ていただきたいと思います。そして青森の魅力を満喫していただきたいのです。

反対に青森の方にとっては、憧れながらもなんとなく遠い存在だった東京が近づきます。同時に皆さんの夢にも近づくようで、いろんなことへチャレンジしやすくなるのではないでしょうか。

私が幼いころは、新幹線は盛岡までしか来ておらず、青森っ子にとって、新幹線は憧れでした。それが、上京するころには八戸まで延び、ついに故郷の青森市にまで新幹線が通るようになったのです。

子供のころは、まさか新幹線が青森を走るなんて思ってもいませんでした。ですから、新幹線延伸を聞き、子供のようにワクワク、心が弾みます。

それは、久しぶりの感覚でした。

大人になるにつれ、どこかに置いてきた気持ちだったのかもしれません。

「〝童心〟という名の〝憧れ〟が人生を幸せにするエッセンス」

〝童心〟と書いて、〝憧れ〟。皆さんにも子供のころ、憧れていたものがありますよね。ワクワク、ウキウキさせてくれるもの……。

そんな心を弾ませる〝憧れ〟の心をいつまでも持つことができたら、人生は1.5倍楽しくなるような気がします。

お正月には、栄万と一緒に新幹線で帰郷したいと思います。ウキウキした気持ちを乗せて……。

★『金スマ』出演、そして『筆談ホステス』ドラマ化

愛言葉
8

「〝童心〟という名の〝憧れ〟が人生を幸せにするエッセンス」

青森市に新幹線が延伸になると聞き、
子供のようにワクワクしました。こんなウキウキ、ワクワクは
何歳になっても忘れてはいけないのでしょう。

昨年8月、初めてTBS系の人気番組『中居正広の金曜日のスマたちへ』に出演させていただきました。

もともと大好きな番組で、よく見ていましたので、出演できることになったときは、

「まさか、自分が出演できるなんて！」

と、とにかく驚きでした。

障害があってうまく話せないのに、テレビに出て自分の気持ちを伝えられるのだろうか、という不安もありました。

収録本番は、緊張の連続でした。筆談する手にも汗がにじんできて、ペンを持つ手が少し震えました。

でも、せっかくいただいた機会なのだからという思いでやらせていただきました。

後日、お店のママやお客様から、

「感動したよ」

と言っていただき、胸をホッと撫《な》でおろしました。

MCの中居さんをはじめ、大竹しのぶさん、ベッキーさん、安住紳一郎アナウンサーなど出演者の方々やスタッフの皆さんひとりひとりがリードしてくださったおかげだと、本当に感謝してい

ます。

『金スマ』に出演させていただいてから、テレビを見た若い女性からも励ましの声をいただくようになりました。10代の女のコから、

「里恵さんのように前向きに夢に向かって頑張りたい」

という手紙をいただいたことも何度もありました。私の今までの歩みが少しでも若い方の希望になっていると思うと、嬉しくてしかたがありませんでした。それは、10代のころ、荒れた生活を送っていた私だからこそ、今の10代の方々に伝えられることがあるかもしれないと思わせてくれたからでした。

それから少したって、今度は処女作『筆談ホステス』をコミック化したいというお話をいただきました。私はこの素晴らしい巡り会わせに感謝しました。コミックなら、より若い方に読んでいただけるのではないかと思ったからです。

そして、昨年の12月にコミック版『筆談ホステス　上・下』（漫画・蟹江《かにえ》ユアサ）を出版させていただきました。

さらに、嬉しいことは続きました。

今年の1月、『筆談ホステス』をドラマ化していただくことになったのです。しかも主演は、今いちばん輝いている女優の北川景子さん。

「こんな私の半生をドラマにしていいのかしら？」

というのが、ドラマ化が決定したときの率直な感想でした。

初めてドラマの現場にも、お邪魔させていただきました。

ドキドキしながらお会いした北川さんは、テレビで見る以上にキレイな方でした。笑顔も本当に素敵で、すっかり大ファンになってしまいました。

とても緊張感のある撮影現場で、北川さんの演じる〝私〟を見せていただきました。聴覚障害を持つ〝私〟をすごく丁寧に演じていただいていて、感激しました。特に、あごに手をのせたり、手のひらを合わせて〝ごめん〟と言う私のクセや仕草まで演じており……、プロの役者さんのすごさを目の当たりにして見入ってしまいました。

手土産のマカロンをお渡しすると、帰り際、北川さんから、

「ありがとう！」
と心のこもった直筆のお手紙をいただきました。忙しい撮影中にお手紙まで用意してくださるなんて、その気持ちが嬉しくてしかたありませんでした。

放送日は、青森の実家で父と母とおばあちゃんと見ました。
「母さんの言葉遣いがそっくりだな。里恵の発音もよく似てる」
と、父は笑っていました。照れくさいのかあまり感想を口にはしませんでしたが、母もおばあちゃんもずっと笑っていました。温かい空気のなかで、私はホステスを始めて間もないころに出会ったお客様が、酔われたときによくおっしゃっていたこの言葉をぼんやり思い浮かべていました。

「人は泣きながら生まれてきて、
死ぬ時も必ず誰かを泣かせる。
だから、生きてる間くらいは たくさん笑っていたい」

家族そろってこんなに笑うのは久しぶりでした。素晴らしいドラマを見ながらそんなことを思ってしまいました。

愛言葉
9

「人は
泣きながら生まれてきて、
死ぬ時も必ず
誰かを泣かせる。
だから、生きてる間くらいは
たくさん笑っていたい」

今年1月、『筆談ホステス』がドラマになり、
放送を青森の実家で家族と一緒に笑いながら見ました。
そんなときふと思い浮かべた言葉です。

そこへ兄や親友の美幸からも、
「里恵にそっくりだった。感動的だったね」
とメールをもらい、また少し照れくさくなりました。

ドラマの放送後は、街で声をかけられることがさらに多くなりました。
「里恵さんの頑張りに感動しました」
そう言っていただくたびに、私のほうが励まされました。たくさんの方に共感していただいた私の人生。これからもしっかり生きていきたいものです。

ドラマの反響は大きく、6月16日にはDVD化され、7月3日には再放送もされました。
本当に、主演していただいた北川景子さんはじめ、役者の皆様、スタッフの方々のおかげだと感謝しております。

Chapter 2

妊娠、そしてマタニティライフ

★妊娠

昨秋、10月12日の朝。

ベッドで目を覚ました私は、なんだかひどく胸やけしていました。

「二日酔い？」

また飲みすぎちゃったのかしらと起き上がると、頭はボーッとしていて風邪のように体がだるく、また横になりました。

「昨夜はそんなに飲まなかったのに……」

ある友人が妊娠したときに、

「妊娠初期は二日酔いのようで風邪っぽかった」

と言っていたのを思い出し、カレンダーに目をやると2日ほど生理が遅れていました。

「もしかして？　妊娠していたら嬉しいけど、どうしよう」

心の中が期待と不安で埋めつくされていました。

とりあえず一日のスケジュールをこなしました。夜は〝東京のお姉さん〟と慕っている方と西麻布でディナーの約束をしていましたので、その前に妊娠検査薬を購入しておきました。

「家に帰ったら、調べよう」

最初はそう思っていました。でもお酒が大好きな私は、昨日まではは変わらず飲んでいましたが、

「もし妊娠していたらお酒は……」

と思い、レストランへ着いてすぐにお手洗いで調べることにしたのです。検査薬の手順どおり、慎重に進めました。そしてゆっくりと検査反応が出る部分をのぞき込みました。

結果は……＋《プラス》。

もう一度、＋の説明を見ると、やはり陽性＝＋でした。

ディナーの席で、お姉さんに、

「今、妊娠検査をしてみたら＋だった……」

と初めて伝えました。すると彼女は、

「どうするの？」

と心配しながら、自身もシングルマザーで、ひとりで一生懸命子育てをしてきたことを話してくれました。

彼女は、妊娠自体よりも妹みたいな私の人生のことを心配してくれていたのです。それは彼女の真剣な表情からも痛いほど伝わってきました。その日、私は、

「まず、病院へ行ってみます」
そう伝えるしかありませんでした。

次の日、友人のひとりが産婦人科へ付き添ってくれることになりました。筆談という手段はあるものの、耳のまったく聴こえない私にとって、お医者様とのコミュニケーションは難しく、誤った理解が生じたり、ときに長い時間を取らせてしまうことにもなるので、誰かが付き添ってくれると非常にありがたいのです。

嬉しさと不安が入り交じった複雑な思いで、私は診察室のドアを開けました。問診、内診、エコー検査などを終えると、カルテを見ながら先生が私に告げました。

「おめでとうございます。妊娠5週です」

先生の口の動きがはっきりと読み取れました。

前日の検査薬の反応は、やはり間違いではなかったのです。

それから、先生はエコー写真を見せてくださいました。そこには赤ちゃんの小さな袋（心臓）がはっきりと写っていました。

「……」

あまりにも神秘的で、美しくて……。私は言葉が出ませんでした。そして、これがひとつの生命なのだとあらためて感じました。

ふと隣を見ると、友人が目に涙をいっぱいためています。それを見た私も泣きそうになりました。

「悲しみも、喜びも、
感動も、落胆も、
つねに素直に
味わうことが大事だ」

これは、本田技研工業の創業者、本田宗一郎氏の言葉です。

妊娠を知ったとき、99パーセント嬉しさでいっぱいになりましたが、残り1パーセントには少しの不安と心配がなかったとはいえません。ただ、この言葉のとおり、赤ちゃんを授かったときの喜びを素直に全身で感じていたと思います。

愛言葉
10

「悲しみも、喜びも、
感動も、落胆も、
つねに素直に
味わうことが大事だ」

初めての妊娠は、嬉しさと少しの不安がありました。
子供を授かることで感じられた気持ちを
すべて噛みしめようと思いました。

★栄万の父親

妊娠がわかったとき、いちばんに彼、つまり栄万の父親の顔が浮かびました。

栄万の父親となる彼とは、数年前に知り合いました。

バイタリティ溢れる彼。

「笑顔が素敵！」

というのが私の第一印象でした。

しばらくは時間があるときに食事をしたりする程度の関係が続いたのです。

会うたびに、彼はいろんな話をして私を楽しませてくれました。一緒に私の愛犬・ウィーの散歩に出かけることもありました。

仕事で少し疲れているなと感じたときでも、彼と会うことで心が癒され、穏やかな時間を過ごすことができました。いつの間にか、彼は私の日だまりのような存在になっていました。

そして、私たちはそうなるのが当然のように、自然と恋人として歩き始めたのです。彼が私に言ってくれた言葉は今でも忘れられません。

「僕が里恵の耳になる」

彼とお付き合いすると決めた日、頭の中である先輩ママから教わった言葉が繰り返し響いていました。

「人間は一生のうちに
逢うべき人には
必ず逢える。
しかも、一瞬早すぎず、
一瞬遅すぎない時に」

逢うべき人……。

私の人生にとって彼は〝逢うべき〟人だったのだと、そう確信しています。

それから、

「里恵の耳になる」

という言葉どおり、彼は本当に私の耳となってくれました。

電話のできない私に代わって、病院の予約を取ってくれることもありました。押しつけの優しさではなく、常に自然に私を支えてくれました。

生活全般において、彼が手伝ってくれたことは、単純に〝助か

愛言葉 11

「人間は一生のうちに
逢うべき人には
必ず逢える。
しかも、一瞬早すぎず、
一瞬遅すぎない時に」

栄万の父親となる男性と付き合うと決めた日にふと心に浮かんだ言葉です。
運命とは、偶然ではなく必然なのかもしれません。

る〟というだけではありません。私の気持ちにある〝不安〟や〝心配〟をそっと取り除いてくれ、〝幸せ〟を届けてくれました。

なにより嬉しかったのは、料理好きの彼が、毎朝、私のために朝食を作ってくれたことです。

初めて作ってくれた日のことは、今でもはっきり覚えています。

「朝が弱い私にとっては渡りに船（笑）。ありがとう」

などと、彼には冗談交じりに感謝をしましたが、いつもは誰もいないキッチンから、ほかほかと湯気がのぼり、ふわっとだしの香りがした瞬間、世界が優しい空気に包まれます。

彼が作ってくれたのは、きのこと豆腐の味噌汁。

何の変哲もない、つましい朝ごはんでした。

それでも、誰かが作ってくれる温かいごはんを食べるのは実家を飛び出して以来初めて。向かい合って食べる朝食は、本当においしく感じられました。

誰かと一緒にごはんを食べる。

こんな些細《ささい》なことが幸せなんだと、あらためて気づかされました。

愛言葉
12

「愛は理解の別名なり」

障害も含め、私のすべてを理解してくれたのが
栄万の父親となる彼でした。
自分が理解されることで彼の深い愛を感じました。

彼と過ごす時間は、私にとって、本当に安らげる時間となりました。

一緒にウィーの散歩をしたり、私の友人を招いて手料理をふるまってくれたり……。

いつも誰に対しても丁寧で、笑顔で、本気で向き合っている彼。

その真っ直ぐなところにどんどん惹《ひ》かれていきました。

ときには、両親のように私を心配するあまり、

「ひとりで行けるのか？」

「帰りは大丈夫か？」

と、口うるさいこともありました。でも、それは心からの愛があってこそだと伝わってきます。

そして、知り合ったころより、どんどん彼が好きになっていったのです。それと同時に心に余裕も生まれ、他人に対してより優しくなれたり、ものごとを客観的に違う角度から見ることもできるようになっていたのです。

そんなとき私はしみじみとこの言葉を噛《か》みしめていました。

「愛は理解の別名なり」

これは私の大好きな、アジア人として初めてノーベル賞を受賞したインドの詩人、タゴールの言葉です。確かに、私は耳が聴こえないことを彼に理解してもらっていると強く感じていました。そしてそれが心を癒《いや》し、私に彼への深い愛情を持たせていたのだと思います。

★シングルマザー

しかし妊娠がわかったときは、私の頭の中では喜びと同時に、あるひとつの言葉も駆け巡っていました。

それは、

「シングルマザー」

自分ひとりでお腹の赤ちゃんを産んで、育てる決意を迫られていました。じつは彼とは、妊娠がわかったとき、すでに別れていたのです。

一緒に出かけたり、ごはんを作りに来てくれたり、彼とはとても幸せな時を過ごしていました。しかし、幸せであればあるほど、辛くなることも多くありました。

私が本を出版させていただいたころ、彼の仕事も忙しくなり、会える時間が減っていました。普通のカップルならば、離れている時間でも電話で話をしたりするのでしょうが、聴覚障害者の私にはそれができません。

仕事が終わって、付き合っている彼と電話をしていると思《おぼ》しき女性を見るだけで羨《うらや》ましく、悔しくてたまりません。もしかしたら、彼も、

「里恵と電話で話ができたら……」

と思っているかもしれないと思うと、申し訳ない気持ちでいっぱいでした。

「私が健常者なら……」

「私の耳が聴こえたなら……」

そう思う日が増えていきました。

今まで、こんなに自分のことを後ろ向きに考えたことはありませんでした。ただただ、彼の負担になっているのでは、ことを思うと、自分が情けなくて、と悲しくてしかたなかったのです。

結局、会えない時間がふたりの間に溝を作り、私たちは別れることになったのです。

ところが、彼と別れて間もなくでした。

妊娠……。

動揺している自分がいましたが、彼に伝えなければいけないと思い、もう一度会うことにしました。

妊娠したことを告げると、彼はすぐに笑顔でこう答えてくれました。

「一緒に育てよう」

それは、私にとって驚きでもあり、喜びでもありました。

でも、彼の重荷になりたくなくて、ようやく決心して別れたのに、また彼とやり直すなんてできない……。

一度決めたことは決して変えることのできない頑固な私がそこにいました。

そして、メモ帳にこう書きました。

「ありがとう。大丈夫。ひとりで育てるから」

彼は、シングルマザーとして育てることを本当に心配し、何度も、

「一緒に育てたい」

と言ってくれました。それでも、どうしても受け入れられない私がいました。

ひとりで産み、育てると決めた私ですが、〝できる〟という自信は、正直なところありませんでした。ただ、彼の子供を一生懸命育てたいという気持ちは大きかったと思います。

周りからは、反対されるかもしれません。

そんなことを考えながら歩いた帰り道、以前読んだ本で見つけたこんなモンゴルのことわざを思い出していました。

「穴だらけでもわが家、ぼさぼさでもわが母」

どんなふうでもいい、きっと家族の素晴らしさは変わらない。

私なりの幸せな家族を作ればいいのでしょう……。

そう心に誓ったときに、ふと涙がこぼれました。

★ダイヤモンド

愛言葉
13

「穴だらけでもわが家、ぼさぼさでもわが母」

彼と別れたあとに妊娠がわかった私は、シングルマザーとなる決意をしました。耳の聴こえない母だからこそできる子育てもあると信じています。

 唐突かもしれませんが、ホステスというと、宝飾に目がないと思われているかもしれませんが、私は意外にそんなことはありません。とはいえ、興味がないわけでもありません。なんでもいいからたくさん欲しいというわけではなく、コレと思える大切なひとつが欲しいのです。

 昨年の9月、そんなスペシャルな宝石に出合うことができました。

 それは、〝願いが叶う〟〝パワーをもらえる〟というダイヤモンドでした。最初、私は、

「どんなものなのだろう?」

 と半信半疑。それでも、持ち前の好奇心でお店に連れていってもらうことにしたのです。

 すごく不思議でした。触った瞬間、すっとダイヤモンドとつながったような感覚に陥り、今までにないパワーを感じたのです。

「これは本物だ」

「買わなくちゃ!」

 直感的にそう感じ、生まれて初めて自分でダイヤモンドを買いました。なんらかの力が、私を動かしたのだと思います。

 そして、驚かれるかもしれませんが、翌月、赤ちゃんを授かりました。

 嬉しくて、嬉しくて……。早速、購入したお店の方にも妊娠を報告しに行きました。

 その方は、

「子供が、子供を?」

 と私が赤ちゃんを授かったことを心配し、驚かれていました。しかし、テレビに出演したりする姿を見て、

「心配していたのが恥ずかしくなりました。あなたは素晴らしい母になる。応援していますよ!」

 と励ましのメールをいただきました。

 じつは、指にはめた夜、栄万は私のお腹に宿ったのだと思っています。というのも、私はダイヤモンドに初めて出合ったとき、

「女の子の赤ちゃんが欲しいんですよ」

「赤ちゃんっていいな〜」

 とお店の方と話していたからです。

「子は、神様から〝手〟に受け〝取った宝物」

〝授かる〟という漢字は、〝手に受け取る〟と書きます。

神様から受け取ることができたのが、栄万という宝物なのでしょう。シングルマザーという立場になっても、その気持ちが揺らぐことなど決してなかったのです。

★出産への決意

それからというもの、

「産むことに決めたの？」

「シングルマザーとしてひとりで育てていけるの？」

周りの方々にそう心配していただくことが増えました。

「泣き声も聴こえないのに、どうやってひとりで育てるの？」

そう心配してくださる方もいらっしゃいました。ところが私自身はそうは思いませんでした。妊娠がわかったその瞬間から、栄万がなによりの心強い味方であり、天使が現われたように感じてならなかったのです。

愛言葉
14

「子は、神様から〝手〟に受け〝取った宝物」

〝授かる〟という字は、〝手に受ける〟と書きます。
妊娠がわかってから、私はお腹の中に
神様からの宝物を受け取ったような喜びを感じていました。

それに母親の耳が聴こえないからといって、必ずしも生まれてくる子供を上手に育てることができないとは思いません。耳が不自由でも立派にお子さんを育てているお母さんがたくさんいることを私は知っているのです。

仲のいい友人の両親も耳が不自由でした。それでも、友人は優しくて素敵な女性です。そして羨ましいほど仲のよい家族です。ですから、子育てにおいて、耳が不自由であることがひとつのハンディキャップになることはあっても、可能性をゼロにする要因になることは決してないと思っています。

これまでも私の人生は、

「無理だよ」

や、

「できるわけがない！」

と言われることの連続でした。

今でもそうですし、ホステスのお仕事を始めたときも、そうでした。

それでも、周りの方々の協力なしには考えられませんが、ホステスをしてこられたのです。

私は、すべてのことにおいて、誰もが不可能だということでさえ、可能にする方法があるのではないかと常に考えています。

〝筆談ホステス〟になれたように、子育てにも私なりのやり方があると信じています。

耳が聴こえないことであきらめるのではなく、耳が聴こえないなら、どうしたらできるのかを考えたいのです。新しい扉を目前にしてあきらめるのではなく、たとえ失敗したとしても自分の手でドアを開けて前に進みたいのです。もちろん、手を差し伸べて応援してくださる方々がいるからこそできることでもあります。

そんな私なりの信念と、妊娠がわかった瞬間から感じている子供に対しての感情が、出産の決意に対する迷いを生じさせなかったのではないでしょうか。

そして、これが私の進む道だと、こんな言葉を思い浮かべながら、決意を固めていたのです。

「我が為すことは我のみぞしる」

これは、坂本龍馬の言葉です。

この言葉は「世の人は我に何とも言わば言え」のあとに続くものです。つまり、人に言われることに左右されるのではなく、自分がやるべきだと感じた道を進むべきだと、龍馬は言っているのです。

誰しもたった一度きりの人生という道を歩いています。

そして今、私は妊娠という人生の大切な出来事に直面しています。

「無理だろう」

という意見をいただくなかでも、迷うことなく自分で決意したからには、その道を威風堂々歩いていかなければならないのだと感じています。

★つわりのこと

妊婦のつわりのひどさには個人差がありますが、私の場合は症状自体が少し違っていました。

一般的にいわれるつわりは、吐き気で食べることが嫌になり、吐きひどいときには外に出るのもおっくうで一日中家にいたり、吐き気が治まらず何も食べたくないという日が何日も続くという症状ではないでしょうか。

ところが私の場合、妊娠5カ月目あたりから、逆に空腹になると吐き気がするようになったのです。育児書で調べると、それは

愛言葉
15

「我が為すことは我のみぞしる」

聴覚障害を持つ私が出産することへの反対や心配もいただきました。それでも、自分で進もうと決めた道をしっかりと歩きたいと思います。たった一度の人生ですから。

〝食べづわり〟という症状でした。つわり＝食べられないものだと思っていたので、食べないと気分が悪くなることが信じられないでいましたが、意外と同じような妊婦さんが多いということも知りました。

〝食べづわり〟が始まってからは、特に甘いものばかりを口にするようになりました。

「こんなに食べて大丈夫かしら？」

と、不安になることもありましたが、空腹になると気分が悪くなるので、食べてばかり……。もともと食べるのは好きなのですが、さすがに食べたくないときでも何かを口にしていなければならないのは、〝吐きづわり〟と同じくらい辛かったように思います。

そんなとき、お世話になっている先輩が私の様子を見に来てくださいました。そして、つわりの辛さを訴える私に、こうアドバイスしてくれました。

「つわりは本当に辛いよね。でも、赤ちゃんが元気に成長している証拠だから。辛いけど、頑張って！」

確かに、赤ちゃんがお腹の中で一生懸命生まれてくる準備をしているのだから、私も一緒に戦わなければなりません。この言葉で、

「頑張らなければ」

ともう一度自分を奮い立たせました。

つわりを漢字で書くと、〝悪阻〟になります。

「〝悪阻〟とは、わが子への悪を阻む戦い」

母として、わが子にいろいろな悪が近寄るのを阻む最初の戦いなのでしょう。

これから、子を産み育てる母親として、何があっても子供を守れるよう、その予行練習として、赤ちゃんが新米ママに与えた試練なのかもしれません。

母親というのは不思議なもので、大切なわが子を守るための戦いだと思えば、俄然、辛くもなくなるものです。そうやって、女性は強くなっていくのだとこの時期は感じずにいられませんでした。

愛言葉16

「〝悪阻〟とは、わが子への悪を阻む戦い」

〝食べづわり〟で辛い日もありましたが、
「栄万のため」と思えば我慢できました。
それは母になるための最初の戦いのようでした。

★妊婦のお食事

妊婦にはウナギやレバー、緑黄色野菜に含まれる葉酸がいいとか、中毒性のあるカフェインはよくないといわれていることは知っていましたが、正直なところ、妊娠するまではその程度の知識しかありませんでした。

お恥ずかしい話なのですが、産婦人科の先生に、

「キムチや唐辛子など辛いものが大好きなので食べても大丈夫ですか？」

と聞いてしまいました。もちろん、

「あまりとらないように」

との答え。今では〝当然のこと〟だと思えるのですが、当時は少しだけガッカリしたのを覚えています。

それからは母親が口にするものは、赤ちゃんが口にしているのと同じだということに気づき、妊娠中は母から送ってもらった本を読んで調べたり、出産経験のある方にアドバイスしてもらいながら食生活に気を配るようになりました。

お姉さんたちに体によい料理を教えていただいたりもしました。そして今まではあまりすることのなかった料理にもチャレンジするようになったのです。

なかでもいちばん気を使ったのが食事のバランスです。旬《しゅん》の魚を使って煮魚や焼き魚などの魚料理、そしてサラダだけではなく、季節の野菜を取り入れた野菜料理も作るようになりました。

なかでも食べるようになったのが、ひじき料理やおから料理です。私にとって、妊娠前は作ったことさえないものですが、教えていただいてチャレンジしました。

特に便秘がひどいときはおから料理を食べるとスムーズになることもあり、よく作りました。

レシピなんていうほどの料理ではなく、おからとだしを煮込んで、そこにその日の気分に合わせて野菜を入れ、水分がなくなるまで煮込んででき上がりといった簡単なものです。

そんな体に優しい料理を作っていると、思い出すのは、青森の料理上手な祖母のことです。心の中ではいつも、

「おばあちゃんにもっといろいろ教えてもらっていたらよかった

な。今度、青森に帰ったら教えてもらおう」と思うのです。

妊娠中の独特の感覚でしょうか、食べたいものが偏る時期もありました。そんなときは、できるだけ栄養バランスを考えて食事作りをしました。

ひと言に〝栄養バランス〟といっても、毎日バランスよく用意するのは思った以上に大変でした。食べすぎを防ぐという意味でも、できるだけ肉、魚、野菜料理とバランスよいメニューを作り定食型にします。栄養のバランスが目で見てわかるように工夫もしました。

それでも何を欲しがっているのかは、体が教えてくれます。緑が足りなければ、野菜が食べたいなと、本当に体は正直で素晴らしく偉大なんだと感じさせられました。

そして妊娠中は食欲がなくなったり、食べすぎてしまうこともあったのですが、いつもこの言葉を胸にしていました。

愛言葉
17

「〝人を良く〟すると書いて〝食〟べる」

妊娠がわかってから、食事にも気を使うようになりました。
ひじきやおから料理など作っていると、
青森の祖母の味を思い出しました。

「〝人を良く〟すると書いて〝食〟べる」

『筆談ホステス 67の愛言葉』でも書かせていただいたのですが、食べることで、人はよくなるのです。そう思うと、今の私はふたりぶんです。たくさん食べないといけないのです（笑）。

そんな思いで毎日、おいしくて体によいものをいただいていると、どんどん肌のツヤもよくなり、イキイキしていました。

よい食事が、心も体も健康にしてくれるのだと思います。

とはいえ、妊娠中も食後に、プリンやケーキなどのスイーツを食べてしまうこともしばしば。

栄万が甘いもの好きになったら、きっと私のせいですね。

★好き嫌いの変化とストレス

妊婦によくあるといわれる好き嫌いの変化もありました。つわりがひどかった妊娠初期は、ムカムカしているときなどに無性に梅干しが食べたくなり、よく食べていました。

あまりにもよく食べるようになったので、なるべく塩分が抑えられているものを食べたほうがいいと思い、ネット販売や友人に探していただいて梅干しを選びました。

妊娠4カ月のころ、突然、今まで苦手だったケーキが食べたくなりました。近所の東京ミッドタウンの中にあるお気に入りのスイーツ店で購入して、生まれて初めてコーヒーとケーキのコラボをおいしいと思いながらいただきました。少し女性らしくなった気分で嬉しくもなりました。

それからというもの一度に2種類を食べるほどのケーキ好きになってしまったのです。

一方で、今まで大好きだったビールやカキ料理がまったく食べられなくなりました。見ただけでも、ひどいときなどは考えただけでも気持ち悪くなってしまうのです。

妊娠で味覚が変わってしまうなんて本当に不思議ですよね。

「栄万が食べたがっているのかな」と思ってしまうくらいです。

しかし、ケーキなど甘いものをそれだけ食べると、気になるのは体重のことです。なんと8カ月の時点では12キロも増えていたのです。通常10キロ以下であれば大丈夫なのですが、それを2キロもオーバー。

それでも私は、こんな言葉を考えながらあまり気にしないようにしていました。

愛言葉
18

「どんな〝思い〟も、少し思い込みすぎると〝鬼〟になる」

武田鉄矢さんの言葉です。
栄万のために「これはよくないかな？」と気にし過ぎることも…。
でも、考え過ぎはストレスになり、もっとよくありません。

「どんな〝思い〟も、少し思い込みすぎると〝鬼〟になる」

これはドラマ『3年B組金八先生』のなかで、金八先生役の武田鉄矢さんが言った言葉です。〝思い〟という字も、点がたった2つ加わるだけで〝鬼〟という字になります。何事も思い込みすぎてはいけないと教えてくれます。

そこで〝鬼〟であるストレスをため込むよりも気にしないほうがいいのではないかと思うようにしました。ストレスはお腹の赤ちゃんにとっていちばんの天敵ですから。

ストレスがたまりそうであれば、

「やめよう」

と決めて、常にストレスになるような状態に身を置かないように心がけました。ですから、自然と考え方や行動も変わったのだと思います。

6カ月を過ぎるころからは、大好きなシャンパンもいただいて、おいしいものを食べながら思う存分映画を見たり、常にほっこりした気持ちで過ごすことができたと思います。

本当に、妊娠中は自分を改善する素晴らしい時期なのですね。

✿母への告白

妊娠4カ月目、年が明けると、青森市観光大使に就任させていただいたこともあって、サイン会や成人式への出席などで、故郷の青森へ行く機会が増えました。それに伴って里帰りの機会もおのずと多くなったのですが、母とは会うたびに母娘ゲンカ。

私の顔を見れば、

「○○はどうなの？」

「△△△してるの？」

と開口一番に問いつめる母。私のことが心配でしかたないのです。

そんなこともあって、妊娠したことを母に言い出せる雰囲気になかなかなりませんでした。

青森から東京へ戻る日の夜。母が運転する車で空港に向かう途中、些細なことでまた言い争いになりました。妊娠中の怒りの感情やストレスはお腹の赤ちゃんにも伝わります。ですから、

「もうやめよう」

と母に伝えました。しかし、妊娠を知らない母の口調はエスカレートする一方。だんだんと母の言葉は私に届かなくなり、私の頭の中はお腹の子供のことでいっぱいになっていきました。

そして、

「お腹の赤ちゃんに悪いから、もうやめよう」

私は勢いあまって口にしてしまったのです。

「今、何て？」

母は突然のことに驚いている様子でした。そして、少し間をおいて、

「今、観光大使になったばかりで、責任があるのに……。たくさ

んの人に迷惑がかかるわね。どうやって育てるの？　相手は？　喜びたいかもしれないけど、こんなときに」

矢継ぎ早に落胆の言葉と質問を投げかけてきました……。

そうなることはわかっていました。障害を持つ私が結婚せずに妊娠……。親として素直に喜べないのは当然です。嬉しいという気持ちよりも、

「里恵はどうなってしまうのだろう……。ましてや観光大使という大役を仰せつかったばかり。鹿内青森市長や市役所の皆さんにも申し訳ない」

と心配する気持ちのほうが強いはずです。そんな母の気持ちが痛いほどわかる私は、母の言葉に対し、あえて平然と振る舞っていました。

結局、母から別れる間際に、

「お父さんには、私から話しておきます」

そう告げられただけで、その日、私たちは別れました。

羽田空港へ向かう飛行機の中で、ふと吉田松陰のこの言葉が頭をよぎりました。

「親思ふ心にまさる親心」

本当は母の気持ちがありがたくて、私は涙をそっとぬぐいました。

★母からの贈り物

青森で不意に妊娠を告白して以来、母からの連絡が多くなりました。メールには、

「赤ちゃんは元気ですか？」

「ちゃんと栄養をとって、風邪をひかないようにして守ってあげてね」

と相変わらず心配ばかりですが、その気持ちが嬉しくてたまりません。耳の聴こえない私がシングルマザーとして子供を産んで育てていく。それを聞いて心配でないはずがありません。それでも母はすべてを受け入れてくれたのです。

ある日、宅配便が東京の自宅に届きました。母からでした。中には、りんごや育児本、そして腹巻が入っていました。私は

愛言葉
19

「親思ふ心にまさる親心」

初めて母に妊娠を告げたとき、
「どうやって育てるの？　素直に喜べない」と言われました。
私を心配するからこその親心に涙が溢れました。

嬉しくてすぐにメールを送りました。

「お母さん、ありがとう♡」

すると母から、

「まだ夜は冷えるからちゃんと腹巻をしてね。お腹冷やしちゃダメだよ」

「りんごは体にいいから食べてください」

「赤ちゃんがいることを自覚してね。赤ちゃんを守ってね」

やっぱり心配ばかりですが、きっと母も初めての孫なので、楽しみにしてくれているんだなと思いました。


それからも何度か青森に行く機会がありました。母は私に会うたびに、

「赤ちゃんが、赤ちゃんが……」

と言って、少しでも私がかがんだり、ハードな動きをするたびにやはり心配してくれます。

きっと、母もこうやって私を育ててくれたのだろうと思うと、自然と嬉しくなります。10代のころの荒れていた自分の姿とともに、数年前、そのとき働いていたお店へよく来ていただいたお客様から教わった劇作家、森本薫の代表作『女の一生』の一節を思い出します。


「子供を育てるということは、育てられた当人が思っているほど、そう簡単なものじゃありません」


この一節が痛いほど理解できるようになりました。

今度、青森に帰ったときは、きちんと伝えたいと思います。

「お母さん、私を育ててくれてありがとう」

★ママへの報告

赤ちゃんを授かったことを伝えなければならない方がいました。それは、私がお世話になっている銀座のクラブのママです。

1月のある日、お店が終わったあとに、

「少し落ち着いてから話そうと思っていましたので、ご報告が遅くなりまして申し訳ありません。今、4カ月になります」

とお腹を触りながら報告しました。

ホステスである私が赤ちゃんを授かったのですから、お仕事は

愛言葉
20

「子供を育てるということは、育てられた当人が思っているほど、そう簡単なものじゃありません」


母が私の体を気遣って腹巻などを送ってくれました。

必要以上に心配する母。

こんなふうに私も大切に育ててもらったのですね。

いずれお休みさせていただかなければなりません。かわいがっていただいているママに対し、正直、申し訳ない気持ちもありました。

「神様から、里恵を預けられたような気がして、不思議だよね」

ママはそう言って、無理のないようにこのまま私をお店で働かせてくださるというのです。感謝の気持ちが込み上げてきて、涙が出そうになりました。

仲間の女のコやスタッフからも、

「何があっても助けるからね、味方だからね」

「おめでとう！　できることがあれば言ってね」

と、温かな言葉やメールをいただきました。ママが女のコ全員に、私のことを伝えてくれたからでした。

私の障害のことを理解してくれて、さらに背中を押してくれる仲間たち。

大好きなホステスの仕事をお休みしなければならないと思っていた私でしたので、妊婦として〝筆談ホステス〟を続けられるということは嬉しすぎることでした。本当に、私にとっても栄万にとっても素晴らしい居場所だと思えました。

愛言葉 21

「ひとりで見る夢は夢でしかない。しかし誰かと見る夢は現実だ」

出産について、お店のママが「私たちがついているから」と応援してくれました。なにかを実現させられるのは、たくさんの力があってこそだと感謝しました。

ほかにも有名な大物ママはじめ、多くの先輩ママからも心強いお言葉をたくさんいただきました。これもママのおかげです。

まだ銀座3年と、経験の浅い私にとってはありがたいという以上に恐縮すぎることで、心にしみるほどに感謝の気持ちでいっぱいでした。

たくさんの方から、励ましの言葉をいただくにつれ、初めての妊娠で少し不安だった私の気持ちも強くなったような気がします。

オノ・ヨーコさんの言葉で大好きな一節があります。

「ひとりで見る夢は
夢でしかない。
しかし誰かと
見る夢は現実だ」

3年前、右も左もわからないまま飛び込んだ夜の銀座。

それは、私ひとりが夢見ていた世界でした。でも、今は多くの方が私を後押ししてくださいます。皆さんの力を感じていると、なんでもできるような気さえします。

また、そんな周りの方々の優しさをいただいていると、これまで頑《かたく》なに考えていた、子供はひとりで育てる、シングルマザーとしてやっていくという気持ちが、だんだんと周りの愛情を受けて育てたいという気持ちに変化していきました。

「ひとりではないよ。私たちがついているからね」

いろんな方のそんな言葉が、私の頑なな心を溶かしてくれたのだと感謝しています。

★初めての胎動

妊娠5カ月目に入ったある夜のことです。パソコンに向かって仕事をしているときでした。お腹の中でぐるぐると動く不思議な感覚が。

初めての胎動でした。

お腹に手を当てて胎動を感じると、栄万に直接触れているような気がして、すごく幸せな気持ちになりました。その日は、仕事を放り出し、ソファに座り、ずっと栄万の動きに夢中になってしまいました。

それまでは、栄万がお腹の中に宿っていると頭ではわかっていても、なにか実感が持てずにいました。エコー写真を見せていただいて、

「こんなに大きくなっているんだ」

とは感じても、なんだかピンとこないというのも正直な気持ちでした。

初めての胎動があって以降は、お腹を蹴《け》ったり、しゃっくりしたり、元気に動いたりするのを感じるたびに、栄万の存在を強く実感させられるようになり、その感覚がいとおしくてしかたありませんでした。

そして、ますます栄万に話しかける機会が増えました。

「いい天気だね」

「○○さんが会いに来てくれたよ~。嬉しいね!」

私には聴こえませんが声に出して話しかけると、なんだか栄万は嬉しそう。お腹の中でリズミカルに動くのです。

ところが、ちょうどこのころ〝食べづわり〟の真っ最中。

「どうしてこんなに辛いの?」

そう思いながらお腹を触っていました。すると、どうでしょう

か。栄万が突然居心地が悪いかのように動くのです。栄万に優しい言葉をかけてあげられない私の不安定な心が伝わってしまったのでしょうか。

　私は、栄万に謝りながら、ある言葉を思い浮かべていました。

「行く言葉が美しければ、来る言葉も美しい」

　これは、韓国のことわざです。

　相手に心を込めて言葉を送れば、素敵な関係が築けると思います。反対に相手に不満やいらだちをぶつければ、きっと相手からも負の感情が返ってくるでしょう。初めての妊娠に、初めての〝食べづわり〟で、少し不安定になっていた私に栄万が、

「しっかりしてね」

と言っていたのでしょうか。

　いつも愛のある言葉を届けられる母でありたいと思います。

愛言葉
22

「行く言葉が美しければ、来る言葉も美しい」

妊娠５カ月目に初めての胎動がありました。私の機嫌でうれしそうに動いたり、不機嫌そうに動いたりする栄万を感じ、ふとこの言葉が浮かびました。

✿安産祈願

　年が明けて、お世話になっている銀座のお姉さん方から、

「妊娠5カ月目の最初の戌《いぬ》の日に安産祈願をするといいわよ」

と教えていただきました。

　多くの方がご存じだと思いますが、お産の軽い犬にあやかって、戌の日に安産祈願をするというのが習わしだそうです。日本の風習は知れば知るほど興味深いものです。

　最近では、妊娠中も仕事を続けている女性が多いため、戌の日以外でも安産祈願に来る方が多いと聞きましたが、せっかくですので戌の日にお参りすることにしました。

　銀座からも近い、日本橋にある水天宮《すいてんぐう》に行くことにしました。安産祈願の神様として有名な神社です。私は、着いてすぐに腹帯を購入しました。

　境内には、たくさんの妊婦さんが訪れており、皆さん幸せそうなお顔。冬の寒い日でしたが、神社は幸福の神様が降りているようなオーラに包まれています。

　ここにいるすべての赤ちゃんが栄万の同級生になると思うと、とても心強くもあり、嬉しい気持ちになりました。

「皆さんがご無事で出産できますように」

　そう祈りました。

もちろん、母親ですから健康で生まれ、育ってほしいと思っています。しかし、私は〝幸福な人生〟について尋ねられれば、いつも思い浮かぶ言葉があるのです。

それは、喜劇王、チャップリンのこのひと言。

「人生には3つのものがあればいい。希望と勇気、そしてサム・マネー」

私は、希望や勇気の持てる人は幸せだと思っています。そして、それが持てることがどんなに素晴らしいかわかっている人こそ、本当に幸せな人といえるのではないかと思います。さらに、少しのお金があれば（笑）。

愛言葉
23

「人生には3つのものがあればいい。希望と勇気、そしてサム・マネー」

水天宮へ安産祈願に行って、神様に栄万の幸せを祈りました。
健康や賢さなど願いはいろいろありますが、
この３つのものがあれば、幸せだと思いませんか？

★マタニティウエア

お腹が大きくなるにつれ、当然のように今まで着ていた服が合わなくなってきました。マタニティウエアを用意しなければと思っていた私が注目したのは、『チャコット』というバレエやダンスの専門アパレルブランドでした。

『チャコット』の服は、もちろんマタニティウエアではありませんが、お腹にも負担をかけないゆるりとした作りなので、妊娠中も問題なく着ることができました。それに、デザインも素敵。ほどよいラフさがとても気に入ったのです。

多くのマタニティウエアは、出産後に着ることができません。もちろん、2人目、3人目の出産時には着ることができますが、「出産後も着られるものを選んだほうがエコでは」とも思ったのです。

同じように、ハワイに行ってからは『Lululemon』というブランドを見つけ、何枚か購入しました。こちらもマタニティウエアのブランドではなく、もとはヨガウエアの専門ブランドですが、お腹部分の伸縮性に優れ、臨月でも十分着られました。デザインも色もキレイなので、華やかな気分になれますし、素材は柔らかく快適です。私は、ショートパンツやパーカーなどを購入しました。マタニティヨガをされている妊婦さんにもおすすめしたいブランドですね。

それらのような洋服を着ると、それまでよりもぐっと〝妊婦らしく〟見えるような気がしました。和服を着て、銀座を闊歩《かっぽ》している自分とは別人のよう。

着るものひとつ変えることで、妊婦としての自覚も再認識され、新しい自分に出会ったような気分になりました。

そういえば、着るものに関することわざや格言には、人の内面や人生を示す言葉が多いような気がします。

「襟を正す」

気持ちを引き締めること。

「左前になる」

運が悪いほうへ傾くこと。

特に、和服の衽《おくみ》を普通とは逆（相手から見て左、死に装束に用いるため不吉）に出して着ている姿を表わした「左前になる」という言葉は、落ち目になるという意味を示しており、和服を着る機会の多い銀座のホステスとしては必ず知っておきたい言葉として先輩から教えられています。

ただ、どんな素敵な服を着ても、

「馬子にも衣装」

誰でも外面を飾れば立派に見えるということ。

こう、なってはいけませんね。内面から強く美しい母親になれるよう、栄万と一歩一歩成長していきたいと思います。

★妊婦の美容術

「妊娠するとホルモンのバランスが崩れるので、肌が乾燥したり、むくみが出たり、いろいろ大変だからね」

出産経験のあるお姉さんから耳にタコができるほどいただいたアドバイスです。

実際、妊娠してからはお姉さんの言葉どおり、今までにないくらい肌や体のトラブルに悩まされました。

妊娠初期は、肌がびっくりするくらい乾燥して、かゆくてしかたがありません。あまりにひどくて、化粧をするのもおっくうになるくらい……。

そんな気分が滅入る日に、自分に言い聞かせている言葉。

「虹を見たいなら、雨は我慢しなきゃ！」

これは、アメリカのカントリーミュージックの第一人者、ドリー・パートンの言葉です。

「いとしいわが子に出会うためには、ちょっとくらい辛いことがあっても、我慢、我慢……」

「辛い」とか「嫌だ」と不満を言う前に、解決策を探してみようと前向きになったのです。

例えば、乾燥肌対策として、馬油《バーユ》を使ってみたり、プラセンタ配合のクリームを使ってみたり、本当にいろいろ試しました。

その結果、ハワイで購入したオーガニックの化粧品メーカー『オリジンズ』のクリームがいちばんしっとりして私には合ったように思います。

乾燥対策に使ったプラセンタ配合のクリームと『オリジンズ』のクリームは、妊娠線にも役立ちました。妊娠線を予防するマッサージもあると聞いていましたが、忙しさのあまり、私はクリームを塗るだけで過ごしました。それでも、幸いなことに出産後、妊娠線は残りませんでした。

妊娠8カ月に入ってからは足のむくみがひどく、放っておくと象のようになっていることもありました。むくみに欠かせなかったのは、ドラッグストア『マツモトキヨシ』で購入したサポーター。ほぼ毎日寝る前に着用していました。

足のむくみがひどいときには、知り合いの社長からいただいたマッサージジェルをたっぷり塗って、マッサージしてお風呂で洗い流してから、『オリジンズ』のマッサージクリームを塗るのが日課となりました。

特に、『オリジンズ』は香りもよく、塗っていてリラックス効果もあったので、ハワイに滞在中、ハンドクリームからシャンプー&リンスまで買い揃えるほど気に入りました。

それから、ハワイに来てからは、日焼けにも注意しました。妊婦はホルモンの関係でシミ・そばかすができやすいと聞いたからです。

ですから、知り合いの化粧品会社の社長に特別に作っていただいたUVカットクリームは手放せませんでした。植物エキス20種類以上と紫外線を防御する5つの新成分が配合されたクリームは、

愛言葉
24

「虹を見たいなら、雨は我慢しなきゃ！」

妊娠をして、つわりや乾燥肌、むくみなど、体の変化に悩まされました。我が子という宝物に出合うために「我慢、我慢…」。辛いことがあれば、必ずいいことがあるものです。

ベタつき感もなく私のお気に入りになりました。それに、無添加ということで、赤ちゃんにも使えるのが嬉しかったですね。栄万とお出かけするときは塗ってあげようと思っています。

なにより、妊娠してからは、スキンケアグッズの選び方が変わりました。〝無添加〟や〝オーガニック〟とついたスキンケアグッズに目がいくようになりました。

「栄万が使っても安全なものか？」

を基準に選ぶようになったのです。栄万に直接使わないにしても、ママの肌に触れることはあるでしょうから、できるだけ刺激の少ないものにしたい。そう考えるようになったのです。

★真の美しさとは

お店のお客様に、赤ちゃんができたことを報告したときのことです。

その方からこう聞かれました。

「里恵に似て、美人さんになるだろうね。どんな子に育ってほしいと思ってるの？」

どんな子に？　戸惑った私がいました。

そのころの私は、栄万を授かったことが嬉しくて、〝どんな子に育ってほしいか〟などと、具体的に考えたことがなかったからです。

ただ、エコー写真の栄万の丸い目を見て、

「ぱっちりした目！　かわいらしい女の子になりそう」

と喜んでいたのです。

「私は栄万の外見が〝かわいい子〟になってほしいの？」

私は、普段から憧れている方々の顔を思い浮かべました。いつもハツラツと仕事をされているNさん、自然と気遣いができるIさん、どんなときも相手の言葉を丁寧に聞いて、その気持ちを受け取るGさん……。

皆さん、いつも顔がキラキラ輝いています。それは、外見だけでなく、内面から出た輝きであり、その方の個性が美しさとなって出ているのでは……。

それに気づいたとき、私はお腹の中の栄万に伝えました。

「本当の美しさを持った女の子になってね」

目で見えるもので判断されがちな今の世の中です。栄万には、本当の美しさとは何かがわかる子になってほしい。ママの最初の願いです。

「美しさは皮一枚
醜さは
骨の髄まで」

『マーフィーの法則』の一節です。やはり美しいとは表面上のことではなく、心から美しくならなければならないのですね。

★ハッピー妊婦ライフ

栄万を授かってから、私は不思議と以前よりも幸せな気持ちで過ごせるようになった気がします。

日々の生活のなかでも、常にどんな些細なことにも感謝し、それによって幸せを何倍にも感じられるようになりました。

妊娠がわかったあと、栄万にとっての生活環境を考えて、周りに海や緑のある家に引っ越しをしました。すると、自然に囲まれているからでしょうか、毎朝、スッキリ目が覚めて、びっくりするくらいに体が軽くなったのです。

何かの波動？ がよいのでしょうか、海のエネルギーが私に合っているのかしら？ などと考えてしまうほど。不思議です。

部屋には、お花を飾ってみたり、美しいと思えるものや自分が大好きなものを意識的に置くようにしてみました。すると自然と気持ちが晴れて、部屋の中ではいつも幸せな気持ちで過ごせるのです。

また、幼いころ、母がよく言っていた言葉を思い出すようになりました。

「トイレは毎日キレイに掃除すると、美人になるそうよ」

「部屋が汚ないと運が逃げちゃうよ」

自分自身が子供を授かって、母の言っていたことが理解できるようになりました。本当に、部屋をキレイにすることは、心も洗われるようで気持ちがよいものなのです。

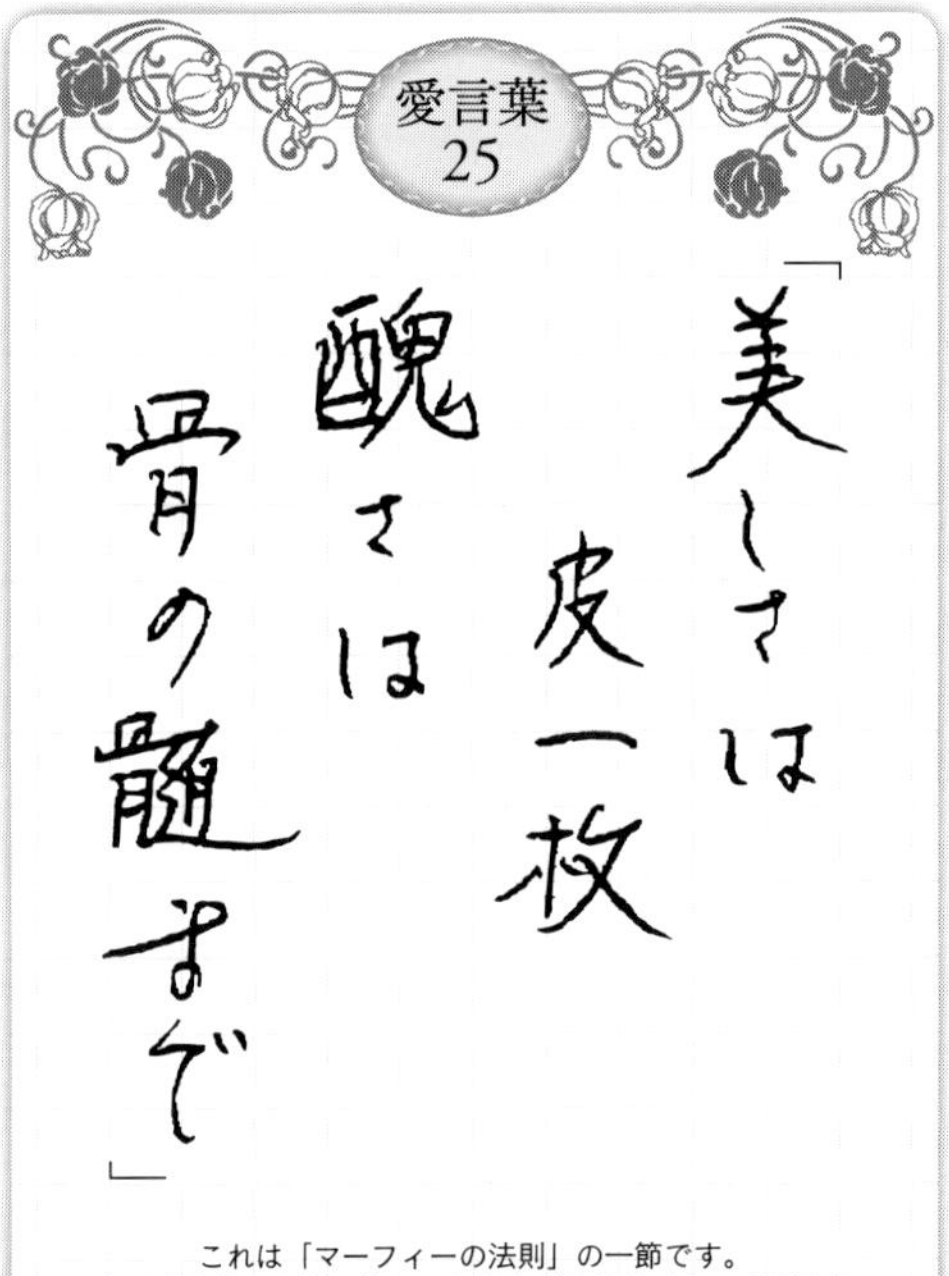
愛言葉 25
「美しさは皮一枚
醜さは
骨の髄まで」
これは「マーフィーの法則」の一節です。
表面上を美しく取り繕っても意味がありません。内面から
美しい人になりたいと思いますし、栄万もそう育てたいです。

「CHANCEは、少しのCHANGEの積み重ねです」

CHANGEのGをCに替えると、CHANCEという言葉になります。

子供を授かったのをきっかけに、身の回りの環境を少し変えるだけで、いかに幸せな気分になれるかということにあらためて気づかされました。

そして、本当に美しくいるためには、身近な環境やその空間に感謝する心が大切なのだということも。

身近なCHANGEで幸せを見つけられる、それは素晴らしいことです。

★音楽を聴く

お腹の赤ちゃんに音楽を聴かせるといいという話を友人に聞いて、早速実行することに。しかし耳の聴こえない私は、音楽をかける機材もCDすら持っていません。

愛言葉
26

「CHANCEは、少しのCHANGEの積み重ねです」

妊娠後、自然の多い場所へ引越し、
部屋に花を飾ると心が元気になりました。
周りの環境を少し変えるだけで幸せになれるものですね。

そこでiPodを購入して、ジャズやクラシックを手当たり次第に取り込み、栄万に聴かせてみました。

すると、なぜかバレエの曲になると動きます。まるで曲のリズムに乗って踊っているかのように。栄万はバレエ好きかもしれません。

こんなこともありました。お店が終わってアフターでニューハーフのショーパブに行ったときのことです。舞台上でセクシーでロマンティックでエレガントなショーが繰り広げられると、栄万も同じようにお腹の中で踊りだすのです。残念ながら私には聴こえていないのですが、彼女には聴こえているのですね。なんだか私はひとり幸せな気持ちになって微笑《ほほえ》んでしまいました。

サルサやタンゴのコンサート、バレエの舞台を見に行ったときも、やはり栄万はお腹の中で元気に踊っているようでした。

そんな栄万といつもふたりの日々は楽しくてしかたありません。栄万には早く会いたいけれど、お腹からいなくなったら寂しいな、と思うこともありました。

へその緒の両端で私と栄万はつながっていました。お腹にいた約10カ月の間、私たちふたりは、同じ食べ物から栄養をとり、同じ空気を吸い、へその緒を通じてすべてを共有していたのです。

私は、栄万が生まれてからも同じようにしていきたいと思っています。

絆《きずな》という字が、「1本の〝糸〟を〝半分〟にする」と書くように、楽しいことも、悔しいことも、悲しいことも、どんなときも一緒になってその気持ちを分け合っていきたい。

それが〝親子の絆〟を育むことだと思っているのです。


「〃絆〃とは、喜びも、悲しみも、悔しさも、すべて〃半分〃ずつ分かち合うこと」

★家事と育児と育自

妊娠してからというもの、今まで人にお願いしていた家事や掃除、料理も自分から進んでするようになりました。大嫌いだったアイロンがけも、今では上手になってきました。

「母親になるのだから」

そういう自覚が私に芽生えてきたのだと思います。

「栄万のお手本にならなくちゃ」

「栄万が生まれてきたら、たくさんおいしいものを食べさせなくちゃ」

「お母さんは何もできないと思われたら大変だ〜!」

じつは、家事が苦手だった私。ここまで変えさせるなんて、子供の力って偉大です。考え方も行動もお腹が大きくなるにつれて、母親へと成長していっているような気がします。

最初は、

「栄万のため」

と思ってしていたことなのですが、徐々に楽しくなっている自分がいました。

むしろ、料理はもっと習いたいと思うくらい興味がわいてきたのです。新しい私の発見でした。

そんな日々のなか、会う方々にも、

「里恵ちゃん変わったね」

愛言葉 27

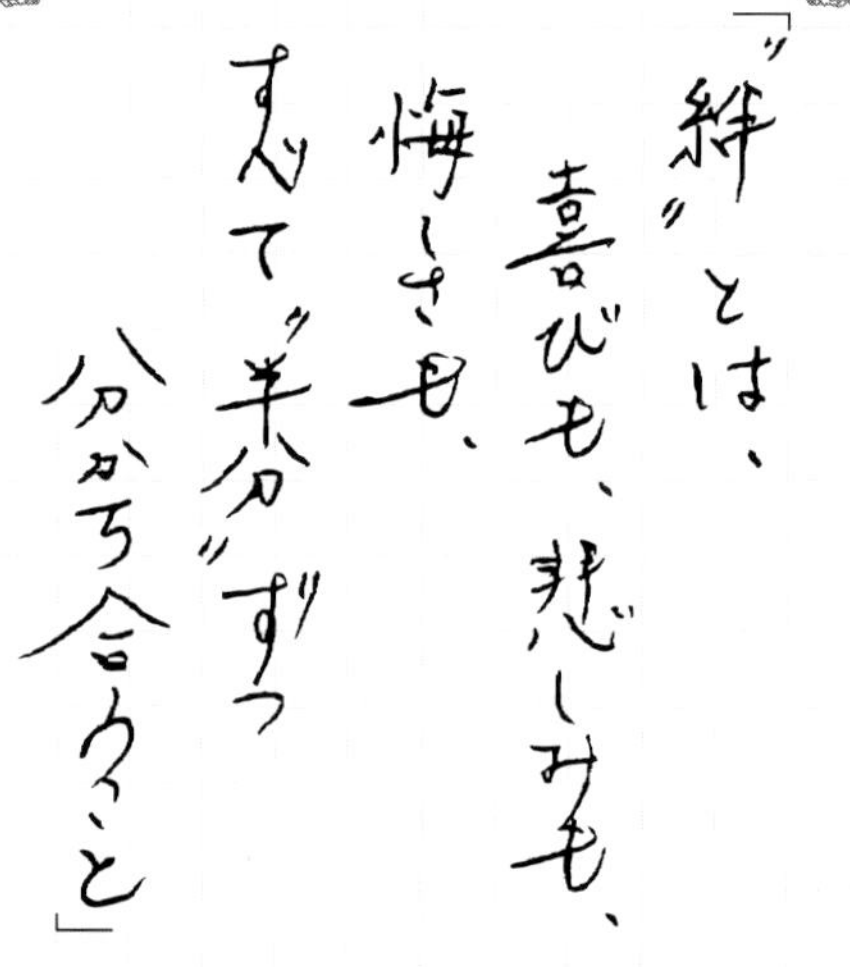
「〃絆〃とは、
喜びも、悲しみも、
悔しさも、
すべて〃半分〃ずつ
分かち合うこと」

親子の絆とは、悲しみも喜びも一緒に分け合うこと。
へその緒で繋がっていたように、
生まれた後は心が繋がった親子でいたいです。

と言われることも多くなりました。

「女性らしくなってきたね」

とか、

「優しい雰囲気になってきた」

とか、なんだか褒《ほ》められているよう。

今までにかけられたどんな言葉より嬉しくて、栄万のおかげだなと感謝しています。


「育児とは育自である」


育児とは、自分を育てること……。

これはあるお姉さんから教わった言葉です。

お腹の中で栄万が大きくなるにつれて、少しずつ私も変わり始めたのです。母親としてだけでなく、ひとりの人間として……。

まさに育自中ですね。

★青い空とマタニティヨガ

愛言葉
28

「育児とは育自である」

子供を授かってから「優しい雰囲気になった」など、
周りの方から褒めていただきました。子育てをすることで、
自分も成長しているのだと嬉しくなりました。

春の足音が聞こえ始めたころ、妊娠7カ月を迎えて安定期に入りました。以前から興味があったマタニティヨガに挑戦してみることにしました。

ホステスとしても、そしてママとしても先輩のIさんは、インストラクターの資格も持つヨガの達人。無理をいって、教えていただくことになりました。

初めてのヨガは、マタニティヨガにもかかわらず、思った以上に難しい体勢があり、育児本などで見るようには格好よく決まりません。それでも20分、30分と続けているうちに、体が内側からポカポカして、イキイキしてくるように感じます。

ヨガをしている最中は、栄万も動き回って、一緒にヨガを楽しんでいます。

何回かIさんに教えていただいたあとも、ひとりでヨガを続けていました。

春の陽気が心地よかったある日、ふと空の下でヨガをしてみるのも気持ちいいのでは、と思い近所の公園へ出かけたいなと思いました。

青空の下、芝生の上に座ってみると部屋の中でするのとはまた違う開放感に満たされるのだろうかと想像してみました。

20分ほどしたあと、あおむけになって寝ころんでみました。

すると、青い空にスーッと溶け込んだ気分になり、空と自分が一体になった感覚に。

「空の〝青さ〟は〝情〟を豊かにし、
心を〝清らか〟にし、
そして人生を
〝晴れの日〟に
してくれます」

〝情〟にも〝清〟にも〝晴〟にも、〝青〟という字が入っています。

晴れわたった青い空は、モヤモヤしたり不安だったりする感情を取り除いてくれるのかもしれません。

真っ青な空とともに、そんな言葉を頭の中で思い描いていました。

★産婦人科での出来事

2月に入って、私が『金スマ』で妊娠したことをお話ししてから、たくさんの方に励ましのお言葉をいただきました。ここで、私の出産を見守ってくださった全国の皆様に感謝の気持ちをお伝えしたいと思います。

「本当にありがとうございました」

産婦人科へ行ったときに、同じ妊婦の方から、

「体に気をつけて、お互いよいお産をしましょう」

と勇気をいただいたこともありました。

反対に、こんな私に相談をしてくださる方もいらっしゃいました。

ある日、出産予定日が私の3カ月後だというBさんが話しかけてこられました。

「赤ちゃんの様子はどうですか？」

私は、

「すくすくと育っています」

と答え、それから妊娠中にやっているエクササイズの話や食事のことなど、いろいろな話をさせていただきました。

愛言葉 29

「空の〝青さ〟は
〝情〟を豊かにし、
心を〝清らか〟にし、
そして人生を
〝晴れの日〟に
してくれます」

〝情〟という字にも〝清い〟にも〝晴れ〟にも〝青〟という字が入っています。公園の芝生に寝転がり、青い空を見つめていると心がすっと軽くなります。

しかし、節々で見せるBさんの不安げな表情が気になり、思い切ってメモ帳にこう書きました。

「何か心配事がおありですか？」

すると、Bさんは少し間を置かれて、

「赤ちゃんを授かって嬉しいのですが、嬉しくないと思うときがあるのです」

お話を詳しく伺うと、ご主人が単身赴任中ということもあって、いつもひとりで家にいるというBさん。つわりが辛くイライラすることも多く、妊婦生活を楽しめていらっしゃらないようなのです。

「病院へ来ると、皆さん幸せそうな顔をしていますし、私はダメな母親だって思ってしまうのです」

私も、シングルマザーとして栄万を産もうと決めたものの、ひとりで不安になったり、焦ったりして、出産を楽しみに思えなくなるときがありました。つわりがひどくて、Bさんのようにイライラし、誰とも話したくないこともありました。

それでも、母親になることは、そんな時期やそういった気持ちも含めて経験することなのだと思います。すべてが順風満帆にいく母親なんていないはずです。

私は、こんな言葉を思い浮かべました。


「気楽＝気持ちを楽しむこと♪」


気楽とは、楽をすることではなく、どんなときもその気持ちを素直に楽しむことだと思うのです。

そして、

「妊娠のイライラも辛さもすべて母親になって初めて感じる気持ちですよね。その気持ちを丸ごと楽しめばいいと思いますよ」

と話しました。

最初から完璧な母親なんていないはずです。もっと言えば、完璧な人だっていないでしょう。くよくよしたり、がっかりしたり、腹が立つことも。人生にはいろいろなマイナスの感情を抱く瞬間があります。でも、そのすべてを、

「こんなふうに思う自分はダメだ」

と思わないでいたいと思います。いろんな感情があってこそ、

愛言葉
30

「気楽＝気持ちを楽しむこと♪」

「つわりがひどくてイライラしてしまう。ダメな母親です」
と悩む妊婦さんに、妊娠のイライラも不安も、
いろんな気持ちを楽しむことが大切ではないかと伝えしました。

人間は素晴らしいと思いますから。

★不妊治療の妊婦との出会い

私は聴覚障害者ですが、障害がある人も、ない人も、母親としての悩みは同じ。ひとりの母親として、妊婦の方とお話しするのはとても楽しくありがたい時間です。

ある日、私がデパートでベビー用品を見ていると、40代くらいのひとりの妊婦さんが声をかけてくださいました。

「予定日はいつですか？　お互いママとして頑張りましょう」

その方は、Hさん。私と同じく初産でした。

私もHさんもひとりで買い物に来ており、お互いにベビー用品の情報交換をしながら楽しくお買い物をしていました。

「子供ができて、神様に感謝しました」

と、Hさんは本当に幸せそうでした。というのも、4年間の不妊治療の末にできたお子さんだったのです。

「どうして私には子供ができないのって、自分を責めた時期もあったんです。でも、毎日、子供ができますようにと祈り続けました。そして周りの人には会うたびに子供が欲しいと言い続けていたんです。だから今は本当に嬉しいんです」

私は、こんな言葉を思い浮かべました。

「〃十分〃に〃口〃にすれば 願いは必ず 〃叶〃います」

〃十回〃くらいでは無理だと思いますが（笑）、希望や思いは、何度も口にすることで、いつか叶うものだと思います。

もちろん願いを口にしても、叶わないこともあると思います。それでも、何度も口に出して思い続ける力こそが願いを実現させるいちばんの原動力だと私は信じています。

私も、Hさんに負けない素敵なママになりたい、そう思いました。

> 愛言葉 31
>
> 「〃十分〃に〃口〃にすれば 願いは必ず 〃叶〃います」
>
> 得意の漢字分解です。４年間の不妊治療の末、子供を授かったという妊婦さんにお会いしました。願いは何度も口にして思い続けることで叶うのですね。

★母乳と食事

お腹の膨らみもだいぶ目立つようになった6カ月目も終わりのころのことです。

ある夜、私は、リビングでパソコンに向かって仕事をしていました。そんなとき、不意に胸のあたりが濡れているのに気づいたのです。

「食べこぼし？？　なんだろう？」

そっとのぞきながら乳房に触れると、それは母乳でした。

「母乳だ」

私は、思わず驚いて叫んでしまいました。

もちろんそろそろ母乳が出てもおかしくない時期だということを頭ではわかっていたのですが、いざ本当に母乳が出ているのを見ると、女性であることの素晴らしさに思わず感動してしまいました。生命の偉大さ、女性の創造力の偉大さを痛感させられたのです。

そして、「母乳は母親の血液からできている」ということ。そのため〝白い血液〟ともいわれているということを思い出しました。

自分の体から母乳が出るのを目の当たりにして、

「私が毎日いただくものから創られているんだな」

と、あらためて感じたのです。

そして栄万が生まれたらこの母乳を飲むんだと思うと、今以上に体を大切にしなければならないという強い意識が芽生えたのです。

それから私は、これまで以上に自分の食事に気を配るようになりました。

母乳の状態、つまり乳質がよくなる食品を選び、できるだけ乳質に悪いとされる食品を口にしないようにしました。

例えば、鶏肉や白身魚をとるように心がけ、牛肉、豚肉、生魚は極力避けるようにしました。乳製品はできる限り摂取しないほうがよいというのは、意外でした。

出産後に赤ちゃんが飲む最初の母乳には、赤ちゃんの免疫力を高め、病気が感染するのを防ぐ力があるといいます。愛情と栄養がいっぱい詰まった母乳を栄万に届けようと、日々の食事に気をつけること。それは、母としての最初の仕事かもしれませんね。

「"遊び"に、"学び"に、そして"母乳"、どれも"子"供には不可欠です」

"遊び"という字にも、"学び"という字にも、さらには"母乳"という言葉にも、"子"という文字が入っています。きっとすべて子供にとって不可欠なものだからなのだと思ったのです。

★赤ちゃんの体重

「赤ちゃんの体重は平均よりも500グラムほど小さいですね」

妊娠7カ月目に入ったころ、定期健診で病院に行くと、先生からそう伝えられました。

確かに、以前から、

「思ったほどお腹が大きくないね」

とか、

「あまり妊婦さんに見えないね」

と、周りの方に言われていたのです。

「もしかして、栄万がお腹の中できちんと育っていないのかもしれない……」

目の前が真っ暗になるほど不安になりました。

とっさに、

「問題があるのでしょうか」

筆談ではなく、声を出して先生に尋ねている私がいました。

あまりの私の焦りように、

「まったく問題はないですよ。あなたの体が小さいから、ちょうどいいくらいです。大きすぎたら、あなたの体が壊れてしまいますよ。小さく産んで、大きく育てましょう」

先生は笑顔で教えてくださいました。これには、ホッとひと安心。よかったと胸を撫でおろしました。

愛言葉
32

「"遊び"に、"学び"に、そして"母乳"、どれも"子"供には不可欠です」

妊娠６カ月のある日、母乳が初めて出ました。
より母親としての自分を再認識した瞬間でもありました。

これ以外にも、初産の私にとって、便秘が続いたり、背中や腰が痛くなるなど気になることが少しでもあれば、

「栄万は大丈夫かしら？」

と不安になり、そのたび、出産の経験のある方にメールで聞い

て回りました。

ある日、小さなことで心配する私に、先輩ホステスのUさんが、

「人それぞれ個性があるように、お腹の赤ちゃんの育ち方も違えば、妊娠中の状態だって人それぞれなの。どんなことが起きても、母親になるんだから臨機応変に対応しなきゃ」

と、活を入れてくださいました。

私は、ハッと頭に浮かんだこの言葉をメモ帳に書いてUさんに見せました。


「知識は本の中にはない」


これは経済学者、ピーター・ドラッカーの言葉です。ドラッカーは、本の中にあるのは情報のみで、知識は情報を成果に結びつける能力だと言っています。

たしかに、本には、育児に関するたくさんの情報が詰まっています。それはもちろん知っていたほうがよいことばかりだと思います。ただ、その情報に捉われず、目の前の子供に合わせて自分なりに歩むことのほうが大切なのだと気づいたのです。頭でっかちの母親になってはいけません。

その一件以降、私は栄万の変化（成長）を一緒に楽しめるようになりました。お腹が大きく、丸くなっていくたびに嬉しくなり、元気な証拠なんだと納得しました。またお腹の中で栄万が手を伸ばしたり、背伸びしたり、しゃっくりするたびに私も元気をもらいました。

そして日がたつにつれて、徐々に心配はなくなり、早く栄万に会いたいという気持ちが強くなっていったのです。

しかし、生まれてからのことは少々不安もあります。初めての子育てですし、私には耳が聴こえないというハンディもあります。それでも今までのように私なりの子育ての方法がきっと見つかると確信しているのです。

愛言葉
33

「知識は本の中にはない」

初産ということで、少しの体調変化にも右往左往してしまいましたが、本などの情報に捉われず、臨機応変に自分なりに歩むことが大切なのだとドラッカーの言葉から気づきました。

★女の子

同じころ、やっと先生からお腹の赤ちゃんの性別を教えてもらえる日がきました。以前から早く知りたかった私は、この日を待ちに待っていました。診察室に入った私は、少しドキドキしながら先生の口元を見つめていました。

「女の子ですよ」

確かに先生の口はそう動きました。

私は跳びはねるくらい嬉しくなって、すぐに家族や友人たちにメールを入れました。女の子とわかる前から女の子が欲しかった私は、周りの方にもいつも、

「女の子がいいな」

と話していたのです。あるときには、私があまりにも女の子、女の子と言うもので、

「あんまり女の子、女の子と言っていると、男の子だったらオカマが生まれるよ」

と言われてしまうくらい口癖のように女の子、女の子と言っていたのです。

私は、嬉しさと同時にホッとして肩の力が抜けるような心が落ち着いた状態で、その後の先生の話を目で追っていました。

私たちは毎日、言葉という気持ちの息を〝吐いて〟います。

そんな〝吐いた気持ちの息〟には＋《プラス》と－《マイナス》の気持ちがあります。

だから、明日から＋の気持ちだけ言葉にしてみませんか。

きっとあなたの夢が〝叶い〟ますよ。

愛言葉
34

「〝吐く〟息からマイナスをとれば、あなたの夢が〝叶い〟ます」

ずっと「女の子が欲しい」と言っていたので、女の子だとわかったときは心から喜びました。願いは口にしてこそ叶うものかもしれません。

「〝吐く〟息からマイナスをとれば、あなたの夢が〝叶い〟ます」

以前、お世話になった方から教えていただいたこの言葉を思い出していました……。

★エコー写真

妊娠中、いちばん楽しみだったのがエコー写真を見せていただくことでした。

妊娠5週目、待ちに待った初めてのエコー写真です。

そこに写っていたのは、小さな心臓の袋。見てすぐに、生命の誕生の瞬間に立ち会えたような喜びに包まれたのを覚えています。

9週目には、その袋が大きくなり、目らしきものも見えました。

12週目には、宇宙人のような栄万が。

そして、17週目には、初めて動く姿を見て感激しました。目が合ったような気がして、自然と笑顔になったのを覚えています。あくびをしている姿さえかわいくて、

「もうあくびができるくらい成長したのね」
と、嬉しくてしかたがありませんでした。
25週目には、初めて3Dの画像を見せていただきました。それまでのモノクロのエコー写真と違い、大きな目もはっきり見ることができました。

小さな手で目をこすっている姿は本当にいとおしくてたまりません。

エコー写真は、栄万と私の成長記録。

写真たちは、母親になった喜びや不安、決意を刻み込んでくれました。

すべてのお母さんがそうだと思いますが、それは、母娘の大切な記憶となるでしょう。

「〝記憶〟には、
心があります。
だから記憶は
〝心の記録〟なのです」

きっと、栄万が大きくなっても、再びエコー写真を見るたびに、今の幸せな気持ちをこの写真たちが思い出させてくれるのだと思います。

愛言葉
35

「〝記憶〟には、
心があります。
だから記憶は
〝心の記録〟
なのです」

喜んだり、ドキドキしたり、ときには不安になったり……。
エコー写真の感動の記憶は私の〝心の記録〟そのものです。

★マタニティヌード

ここで、今回なぜ私がマタニティヌードの撮影を行ったのか、そのことについてお話しさせていただければと思います。

栄万を授かり、これまでお話ししてきたように私は母親として大きな喜びを心から感じることができました。それと同時に、新しい命をいただいた不思議さというか、人間の神秘のようなものを感じずにはいられませんでした。

そしていつしか体の中の新しい命だけでなく、自分の体すべてが大切な宝物のように思えてきたのです。

自分で言うのもなんですが、大きくなっていくお腹は美しく、いとおしく、この姿をどうしても残したいと思うようになりました。

栄万がお腹の中にいるのは、〝十月十日《とつきとおか》〟。長いようで短い期間です。そしてその期間を超えて、出産という朝を迎えるのです。

「〝十月十日〟の時は、出産という名の〝朝〟を招く」

〝十月十日〟という字を組み合わせると、〝朝〟という字になります。妊娠している間は、出産という神聖な朝を迎えるための期間だったのですね。

アーティストのｈｉｔｏｍｉさんがマタニティヌードを披露されたのは有名ですが、ここ数年、芸能人の方でなくても、マタニティヌードを写真に残すお母さんが増えていると聞きます。

以前は、妊娠中に写真を撮りたいという気持ちにピンときませんでしたが、実際に妊娠してからは、

「栄万と一体になっている今のこの体を写真に残したい」

と、強く思うようになったのです。

マタニティヌードが撮れるのは、今この瞬間だけ。誕生という朝を迎えるまでの〝十月十日〟間だけです。そう考えると、どうしてもマタニティヌードを撮影せずにはいられませんでした。

もちろん、私としては初めての体験です。撮影は緊張というか、少し恥ずかしい気持ちもしました。

でも、いざ、お腹にカメラを向けられると、意外とリラックスしている自分がいました。

そして、撮影していただいた写真を見て驚きました。

そこには、今まで知らなかった私がいたのです。母としてこれから歩もうとしている自信や子供を授かった幸福感が写真には満ち溢れていました。

ひとりではなく、ふたりでカメラの前に立っていたからなのかもしれません。

いつか、栄万が大人になって、子供を産むような年齢になったら、この写真を見せたいと思います。

「どんなに栄万の誕生を楽しみにしていたか」

「栄万をお腹に宿していたとき、どんなに幸せだったか」

きっと、この写真一枚で栄万に伝わるはずです。

愛言葉
36

「〝十月十日〟の時は、出産という名の〝朝〟を招く」

「十月十日の間しか撮れない栄万と一緒の姿を」
と想い挑戦したマタニティヌード。
いつか栄万に見せてあげるのが楽しみです。

「寒さにふるえた者ほど太陽を温かく感じる」

アメリカの詩人、ウォルト・ホイットマンの言葉です。青森一の不良と言われた私ですが、今はたくさんの方に支えられ、子供を授かることもできました。故郷・青森の厳しい冬も必ず終わり春がくるように、厳しさに耐えれば、いつかきっと温かい日がくるのですね。

「人は泣きながら生まれてきて、
死ぬ時も必ず誰かを泣かせる。
だから、生きてる間くらいは
たくさん笑っていたい」

今年1月にドラマ化された『筆談ホステス』。主演の北川景子さんの演じる姿が「私の仕草にそっくり!」と青森の実家で家族全員で見させていただきました。そんなとき、ふと笑い合えることの素晴らしさを感じ、この言葉を思い浮かべたのです。

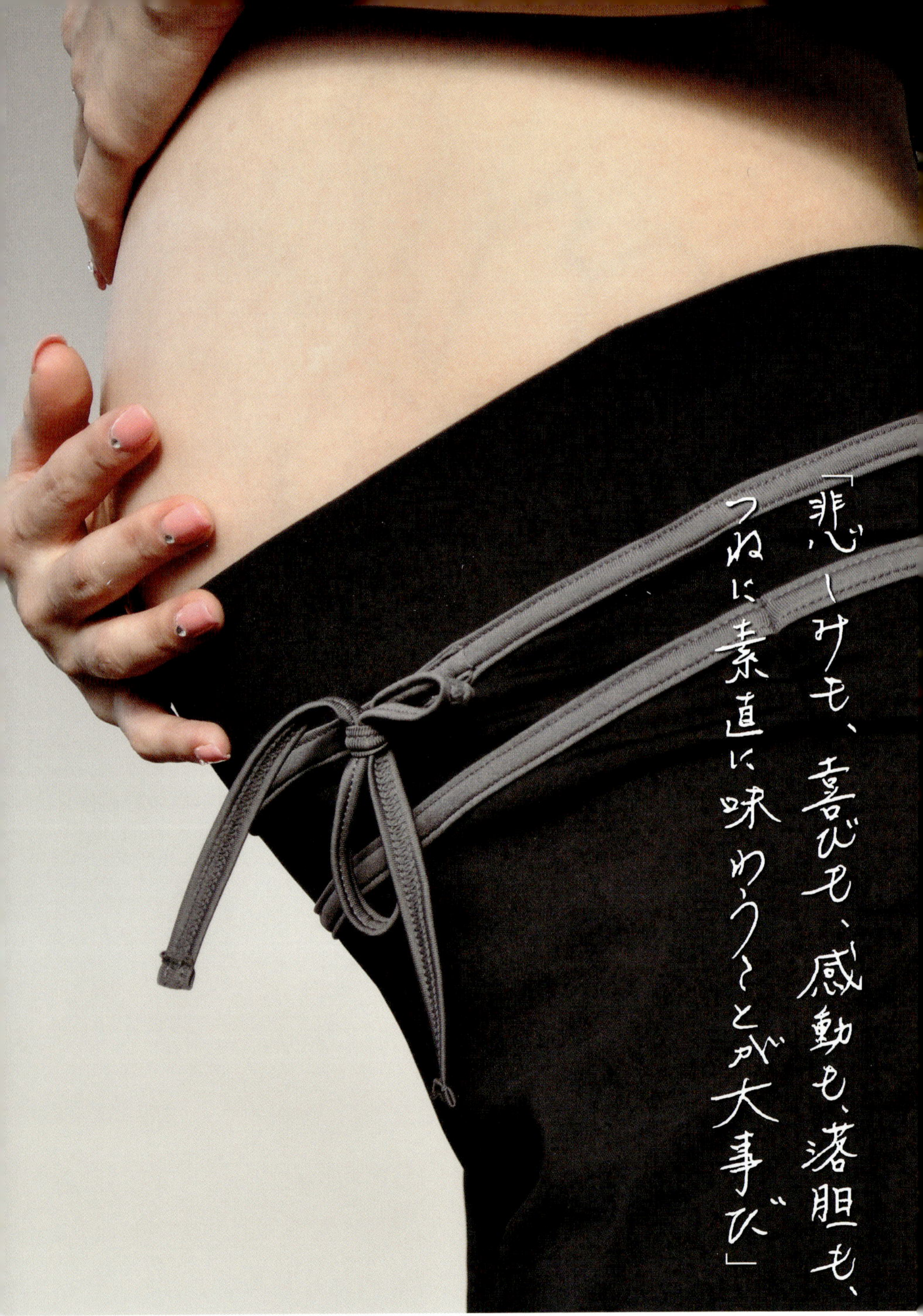
「悲しみも、喜びも、感動も、落胆も、
つねに素直に味わうことが大事だ」

これは、本田技研工業の創業者、本田宗一郎氏の言葉です。
人生の良い日も、辛い日も、悔しい日も、大切な人と一緒に
共有し乗り越えていければ幸せですね。

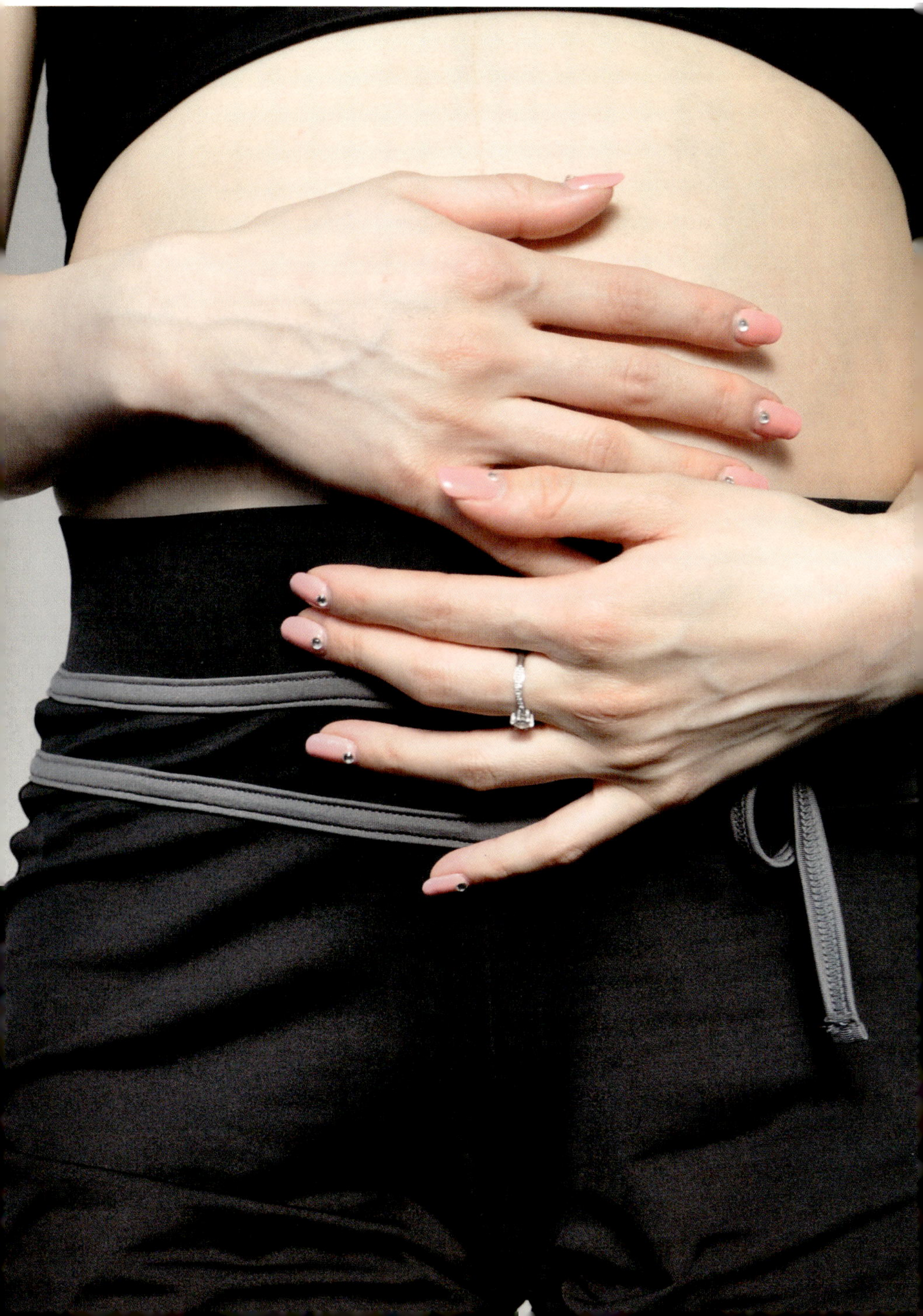

「愛は理解の別名なり」

アジア人として初めてノーベル賞を受賞したインドの詩人、タゴールの言葉です。栄万の父親である彼が、障害を含め私のすべてを理解してくれたからこそ、私は愛を感じることができたのかも知れません。

「敵から味方を作れ」

落ち込んでいる私を見て、お店のママが励ましてくれた言葉です。人を嫌いになるのは簡単です。でも、苦手な人をこそ味方にできれば、これほど強いものはありません！

「行く言葉が美しければ、来る言葉も美しい」

韓国のことわざです。相手に心を込めて言葉を送れば、素敵な関係が築ける。反対に相手に不満やいら立ちをぶつければ、きっと相手からも負の感情が返ってくるのではないでしょうか。

「虹を見たいなら、雨は我慢しなきゃ！」

アメリカのカントリーミュージックの第一人者、ドリー・パートンの言葉です。目標があるのならば、「辛い」とか「嫌だ」と不満を言う前に、つねに前向きでいられると素敵ですね。

「自分がこうしようではなく、
相手が何をしたいか聴きなさい
相手を思いやる心が大切なんだよ」

昔、父が私に言ってくれた言葉です。この言葉は私のホステスとしての指針にもなっています。腹が立ったとき、辛いとき、相手を思いやることで人との関係を築く力にもなりました。お父さん、こんな素敵な言葉をありがとう。

★出産とお仕事

妊娠したことを後輩ホステスのTちゃんに話したときのことです。

「お仕事を休まなければならないし、お客様も離れてしまうかもしれないですよ」

そう言われて驚きました。

私は、妊娠9カ月目から、お仕事を休ませていただきました。お世話になったお店やママ、私との会話を楽しみに来てくださるお客様には申し訳ないと思ったのですが、母親として無事に栄万を出産するためには、当然の決断だと思いました。

それでも、Tちゃんにそう言われてハッとしました。

産後、出産前と同じようにお仕事ができるかはわかりません。

女性が子供を産み、育てながら仕事をするのは、どんなに大変なことか……。あらためて実感しました。

それでも、出産、子育てをしながら活躍している女性はたくさんいらっしゃいます。

私がお姉さんとして慕っている方のなかにも、お子さんが小学校に上がってから会社を設立、女性社長として活躍されている方がいます。

その方は以前、

「子育てをしたことで、私の引出しがまたひとつ増えたの。物事の見方も若いころとは変わったと思う」

と話してくださいました。

出産して体形が変わったり、子育てが忙しくて、仕事ができる時間が限られるでしょう。今後、母親としての初体験も目白押しでしょう。

そんなときふと、この言葉が頭をよぎりました。

女性の憧れのブランドである『シャネル』の創始者、ココ・シャネルの言葉です。

「二十歳の顔は、自然の贈り物。五十歳の顔は、あなたの功績」

愛言葉
37

「二十歳の顔は、自然の贈り物。五十歳の顔は、あなたの功績」

女性は、仕事をする顔、母の顔、妻の顔など、
たくさんの顔を持っていると思います。
どんな自分も誇れるように輝き続けたいですね。

女性は、年齢とともにどんどん変化していくと思います。

いくつになっても、この顔は〝わたしの功績〟と誇れるような女性でいたい。母として、ひとりの女性として、輝き続けたいと思います。

そんな考えを持って、私は5月10日に出産前最後の出勤をしました。9カ月を過ぎていました。そして9日後にはハワイへ旅立ちました。

本当に、これまで妊婦である私は皆さんに助けていただいてばかりでしたが、この日も皆さんは最後の最後まで、

「赤ちゃん楽しみにしているね」

「何があっても私たちがついているからね」

と温かい言葉をかけてくださったのです。

言葉が心に響いて涙が溢れた、妊婦として最後の銀座の夜になりました。

愛言葉
38

「雨は一人だけに降り注ぐわけではない」

妊娠してから、お店の方やお客様にたくさんの
ご迷惑をおかけしました。
何事にもたくさんの支えがあってこそだと感謝しました。

★妊婦のホステス①

私は、妊娠9カ月に入るまで、お店でホステスとして働かせていただきました。

実際、栄万がお腹にいてお仕事をすると、ひとりのときとはまったく違うということが身にしみてわかりました。なにより、たくさんの方にご迷惑をかけご配慮をいただかなければお仕事をすることができないのです。

妊娠中ということもあり、体調がすぐれないときは休ませていただくこともありましたし、お酒が飲めませんので、お客様とは昆布茶やノンカフェインの麦茶、玄米茶、ゆず茶、生姜茶で乾杯させていただきました。

また、銀座ではいつも和服でいるのですが、お腹がきつくならないように、着付けをしてくださる方にも大変気を使っていただきました。

例えば、それまでは腰紐をおへそあたりで巻いていたものを腋《わき》の下のあたりまで上げて巻くようにしたり、腹帯を巻いてから着物を着たり。赤ちゃんを締めつけない工夫をしていただき、問題なく和服でお仕事を続けることができました。本当に上手に着付けてくださり大変助かりました。

妊婦ということで、いろいろご迷惑をおかけしてしまうのはわかっていました。それでも、私との会話を楽しみに来てくださるお客様に少しでもご満足いただけたらという思いで、銀座の夜を務めていたのです。

それでも、私はそこからひとつの大切なことを学んだように思います。それは、何事をやるにもひとりではないということです。いいときも大変なときも、私の周りにはたくさんの方の支えがあるのだと気づいたのです。

「雨は一人だけに降り注ぐわけではない」

これは、アメリカの詩人、ヘンリー・ロングフェローの言葉です。

お客様のなかにも、おひとりで悩みを抱えていらっしゃる方がおられます。

昨年に比べて景気に明るさが見えるというものの、不景気を感じていらっしゃる方は少なくありませんし、お仕事のお話を伺うこともあります。そんなときは、微力ではありますがいつもお力になりたいと思わずにはいられません。

愛言葉
39

「プロの仕事とは
何があっても
言い訳をしないこと」

青森でホステスを始めたころにお客様からいただいた言葉です。
母になっても、ひとりのプロとして子供に誇れる仕事がしたいです。

そんな方には、〝あなたはおひとりじゃありませんよ〟という気持ちを込めて、この言葉をお贈りしたいです。

この本を手にとられた方にも、この気持ちが届けば嬉しく思います。

★妊婦のホステス②

私が青森でホステスをしていたころ、お客様からこう叱咤《しった》激《げき》励《れい》していただいたことがあります。

「里恵ちゃんは、耳が聴こえないというハンディを持っているかもしれないけど、プロのホステスとしてやっていくなら、それを言い訳にしちゃいけないよ。応援してるから、頑張るんだよ！」

そして、お客様は秋元康さんのこんな言葉を教えてくださいました。

「プロの仕事とは何があっても言い訳をしないこと」

この言葉は今でもお仕事の指針として心に刻まれています。

妊婦としてホステスのお仕事をさせていただくにあたって、最初は、お酒が飲めないことや、体調面で、お店にご迷惑をかけてしまうのではと思いました。

しかし、この言葉を思い出して、お客様の前では妊婦であろうと、そうでなかろうと、同じ〝プロのホステス〟でなければならないと思ったのです。

それは、出産後も同じです。

子育てをしながらホステスを続けるのであれば、今まで経験をしたことがない〝二足のわらじ〟を履くことになります。それでも母である前にひとりのプロとして、しっかり地に足をつけてお仕事をしていきたいと思います。

きっと、そんな母の姿を栄万に見せることも親としての役割ではないかと思うのです。

★妊婦のホステス③

不況の底は脱したといわれていますが、まだまだ景気がよいとはいえないこのご時世。化粧品メーカーのYさん（39）も、最近残業代がカットされたことを嘆いていらっしゃいました。

「一気に半分もカットされたんだから、たまらないよ！　銀座にもめったに来られなくなったし、寂しいもんだ」

ウイスキーをがぶ飲みするYさんは、楽しくお酒を飲んでいらっしゃるとはとてもいえない状態でした。

「少しお水でも飲んで、今日は早めにお帰りになられては……」

「いいんだよ！　家に帰っても、給料が下がったことを言われてさ。最近なんか、食費を節約しているとか言って、夕食時のビールも1本だけ。料理も質素なんだ。本当に寂しくなっちゃうよ」

私は妊娠して、毎食お腹の中の栄万と一緒に食事をしていました。気づいたのは、家族と一緒に食べる食事の素晴らしさ。

何を食べているときも、栄万と一緒に食べていると思えばおいしく感じられました。

愛言葉 40

「楽しい顔で食べれば、皿一つでも宴会です！」

不景気で悩まれているお客様にスペインの詩人、ブルデンチウスの言葉をお贈りしました。どんな場面でも、気持ちひとつで明るくなるものです。

どんな高級料理だって、イライラした気持ちで食べればおいしくありませんし、大好きな人と食べれば、ラーメン1杯だってご馳走です。

そこで、メモ帳にスペインの詩人、アウレリウス・ブルデンチウス・クレメンスのこの言葉を書きました。

「楽しい顔で食べれば、皿一つでも宴会です！」

Yさんは、この言葉を見るやいなや突然大笑いしました。

「じつは、飲んで帰ったとき、かみさんが作るお茶漬けが俺のいちばんの大好物なんだよ」

きっと、その夜もYさんは大好きなお茶漬けを食べたに違いありません。

★揺れる心、彼とともに……

妊娠8カ月を迎えるころ、私の心は少しずつ変化していました。

「里恵ちゃんはひとりじゃないから、いつでも頼って来てね」

愛言葉
41

「足下を掘れ、そこに泉あり」

ひとりで育てると意地を張っていましたが、
身近で支えてくださる方々の優しさに気づき、
彼とともに育てたいと気持ちが変化したのです。

私の妊娠がわかってから、多くの友人がいろいろな場面で声をかけてくれました。

初産ということで、わからないことだらけの私に、

「○○が妊婦にはいいらしいよ！」

などと調べてくれたり、つわりのときには家に来て食事の準備をしてくれたこともありました。

そのたびに、私はひとりで産み、育てていくつもりでいたのですが、たくさんの人に支えられてこの子を産むことができると気づいたのです。

こんなにたくさんの人に見守られて誕生する栄万は、どんなに幸せなのだろうと思えました。

栄万がお腹の中で成長するにつれ、だんだんとひとりで育てていく、ということは、私のエゴだったのではないかと思うようになったのです。

そう思うようになった私は、彼の愛情も受け入れながら育てたいと考え方を変えました。これからは、どうしてもシングルマザーとして生きていく、などとは決めつけません。

天に身を任せ、穏やかな気持ちで、彼をはじめ周囲の人々の愛情も受け入れながら育てたいと思います。

結局、彼にはうまく伝えられませんでしたが、

「勝手に、どうしてもシングルマザーでとテレビで話し、栄万をひとりだけで育てようと決めていました。私が栄万から父親のあなたを奪おうとしていたことになります。完全に自分のワガママです。

でも、今になって、栄万にとってはたくさんの周りの方に見守られることが幸せなのだとわかりました。

本当は『一緒に育てよう』と言ってくれたこと、心から嬉しかったです」

と、心の中で何度も思いました。

同時にドイツの哲学者、フリードリッヒ・ニーチェのこんな言葉を心から噛みしめました。

「足下を掘れ、そこに泉あり」

自分のことで手いっぱいになると、人は誰でも自分ひとりで何もかもやっている気持ちになります。周りに自分を助けてくれる大切な人がいることも忘れてしまい、感謝すらできなくなっていることはないでしょうか。

幸せは遠くにあるのではなくすぐ身近にあるのだと、出産を決意し、彼や周りの方々に支えられるなかで感じることができたのです。

愛言葉 42

「アイ・ラブ・ユー」

上手とは言えない発声で、お腹の栄万に向かって伝えると、
動いてこたえてくれました。
心を込めた言葉はどんなときでも伝わるものですね。

これまでテレビ番組などでは、私は常にシングルマザーとして育てていきたいとお話ししてきました。でも、変わりました。彼はもちろん、たくさんの方に理解していただき、支えていただき、皆さんの愛情を受け入れながら育てたいです。

頑なだった私ですが、母親になったことで柔軟な心を持つことができたのではないかと思います。

私は新しい家族に、理解し合うこと、素直になることの大切さを教わったように思います。

★彼からのプレゼント

彼から、ある日、栄万にプレゼントが届きました。

それは、『もしもしトーク』というプラスチック製のチューブでできた〝糸電話〟のようなものでした。
お母さんがしゃべった声をお腹の中の赤ちゃんが聴くというものです。
『もしもしトーク』の片側をお腹にあてて、発音が上手にできない私の言葉が、栄万に伝わるかしら……。
ゆっくりと声を出してみます。

「アイ・ラブ・ユー」

すると、返事をしてくれたかのように、栄万が動いたのです。

「愛情は、ちゃんと栄万に伝わっているんだ」

栄万に私の声が届いたかと思うと、本当に喜びで胸が高まりました。
それはまったく聴こえない耳で出産を迎える私にとって、最大の励ましにもなりました。本当に大きな力に感じたのです。こんな言葉を思い浮かべました。

愛言葉 43

「あなたの〝励まし〟が、私という〝人〟に、一〝万〟倍もの〝力〟を与えてくれます」

耳の聴こえない私ですが、栄万の存在が出産への不安を取り除いてくれました。大切な人がいるだけで大きな力になるものです。私も栄万にその力をあげられる母になりたいです。

「あなたの〝励まし〟が、私という〝人〟に、一〝万〟倍もの〝力〟を与えてくれます」

励ますという言葉をよく見ると、〝人〟という字と、〝万〟という字、そして〝力〟という字からできています。それを今の気持ちに素直に、私なりに解釈しました。そして栄万から大きな力をもらっていることに気づいたのです。
私は、たぶん、一生、栄万の声を聴くことはできません。
それでも、

「ママはあなたのことを心から愛している」

この気持ちを私から伝えることはできるのです。
たくさんの愛を持った母親が、あなたのそばにいるということを、いつも伝えていくことが大切なのだと思います。
彼からもらったプレゼントが、私にそう教えてくれました。

Chapter 3

ハワイ出産

★ハワイ出産

7カ月ごろ、〝ハワイで出産する〟ことを決めました。

妊娠当初から、気候のよい海外で出産することは考えにありました。また、子供にはさまざまな選択肢を持たせたいとずっと思っていました。世界に出て、たくさんの経験をしてほしいと思っているのです。

ところが父親である彼は、ハワイでの出産に反対でした。

「日本での出産なら、何があってもサポートできるけど、ハワイに行くと、100パーセントサポートできない場合があるから」

いつも私のことを心配しすぎるくらい心配してくれる彼は、ハワイでの出産を不安がっていました。

もちろん、英語もままならない私が、初産を海外で行うなんてできるのかしら、という不安はつきまといました。

それでも、お腹の中の栄万が海外で生まれたいと伝えてくるのです。

「真っ〝白〟な道も、一歩進めば〝百〟通りに」

〝白〟という字も、一を加えることで〝百〟にもなります。

聴覚障害があるということもあり、以前は、初めての場所に行くのが不安で、極力避けていた時期もありました。障害を持つ私にできることは何もないと自暴自棄になったこともありました。

しかし、勇気を出して一歩外に出てみると、たくさんの方の支えにより、洋服店でのお仕事やホステスのお仕事ができるということ、さらに筆談という私だけの武器があることに気づかせてくれました。ハンディだと思った障害が思いもよらなかった道を与えてくれたのです。

障害を持つ私だっていろんな道を歩く可能性があるように、これから生まれてくる栄万にもいろんな道があるということを教えられたらと願っています。栄万にさらに教えられたように思います。

私は、そういう意味でもできる限りいろんなチャレンジをしていきたいと思ったのです。

それに、栄万のためだと思えば、自然と、

「どこでも行ける」
「なんでもできる」
という気持ちになるのです。これは、私が感じる初めての〝母性〟というものかもしれません。

結局、
「海外出産しても大丈夫ですよ」
という産婦人科の先生の言葉や、知人がハワイでの出産をサポートしてくれることになり、彼も少し安心して、ハワイでの出産を後押ししてくれることになりました。

そして、予定日の1カ月前の5月19日にハワイへ渡航することが決まったのです。

★ハワイへの出発準備

出産予定日の2カ月前に、ハワイでの出産を決めたことにより、そこからスピーディに渡航準備をしなければならなくなりました。

まずは、ハワイでの滞在先と病院の手配です。

愛言葉
44

「真っ〝白〟な道も、
一歩進めば
〝百〟通りに」

障害のために、さまざまなことを断念していた時期がありました。
でも、夜の銀座に飛び込み、妊娠を経験し、
一歩踏み出せばいろんな可能性が広がっていることを知りました。

ハワイで出産を考えていらっしゃる方の多くは、エージェントにお願いすることが一般的だと聞いていましたが、幸いなことに、たくさんの知人がハワイ出産を手伝ってくれることになりました。

英語が苦手な私は、日本人の先生がいる病院をインターネットで探していたのですが、友人たちが協力して、現地の病院に直接電話で確認して出産できるように手続きを行ってくださいました。

また、ハワイに知人がいるという私の友人が、その病院にほど近いホテルを紹介してくれました。

しかも、知人を通してのつながりでホテルのマネジメントをしているバニヤンのＩＫＵＫＯさん（71）までたどり着け、宿泊費も1泊約140ドルを約90ドルに、約3割もディスカウントしていただけることになったのです。2カ月半の滞在で、予算100万円以内の部屋を探していましたので、本当にありがたいことでした。

ホテルは、幸いにもコンドミニアムタイプもあって、自炊をしたかった私は、キッチン付きの部屋を選ぶこともできたのです。

飛行機は、座席幅が広いビジネスクラスを予約しました。多くの妊婦さんが、

「奮発してもビジネスクラスにしてよかった」

とインターネットなどでコメントしているのを読んだからですが、実際に、私もビジネスにしてよかったと思いました。大きなお腹での空の旅は、思った以上に体に負担がかかるのです。

当初は、自分ひとりで出産準備をしなければならないと思っていたのですが、結局、たくさんの方がアドバイスやサポートをしてくださり、思っていたよりもスムーズに現地での滞在先などを決めることができました。

日本で出産するよりは、高くなってしまいましたが、節約すべきところは節約したつもりです。母子ともに安心、安全を考えると、しかたありませんでした。

いちばんお金がかかったのは病院への支払いでした。一緒にハワイでの準備を手伝ってくれる友人の分もかかりましたので、飛行機のビジネスクラスのチケット代は、二人分でした。

出産日や赤ちゃんの体調によって帰国日が変わるかもしれませんので、帰国便が変更可能なチケットにしました。

また病院への支払いは、200万円くらいはかかりました。

現地での飲食代もかかりましたし、アメリカで買ったほうが安いベビー用品もたくさんあり、そういったものを現地で購入するとなると意外とショッピングに使うお金もかかります。人それぞれだと思いますが、予想より現地でお金を使うと思ったほうがよいかもしれません。私の場合は、何も用意していなかったため、現地で大量に買い込みましたのでたくさんのお金がかかりました。

調べてみると一般的には、ハワイでの出産費用は総額約300〜400万円くらいだと聞きました。内訳は、宿泊先（コンドミニアムなど）3カ月分で約60万円、生活費は、贅沢《ぜいたく》しなければ約60万円、現地で用意するベビー用品が約30万円で、入院や健診など病院への支払いが約150万円（ただし、帝王切開になれば、医療費がかなり上がるそうです）。

ただ、宿泊先は月20万円ほどから借りられるコンドミニアムから、キッチンもついた高級ホテルまでさまざまです。生活費や宿

泊代も、もっと贅沢すれば増えますし、逆に節約も可能だと思います。私の場合は400万円を超えました……、500万円強です。

ちなみに私の節約術は、無料のワイキキ・トロリー（バスのような乗り物）を利用することです。ＪＣＢのカードを提示すれば、ワイキキ市内を走っているワイキキ・トロリーに乗ることができました。無料になるのは一部区間のみですが、市内中心部のショッピングスポットをカバーしているので、利用する機会はかなりありました。

病院もホテルもワイキキの中心部にあることが多いので、これはかなり使えるワザだと思います（無料となるのは、キャンペーン期間中のみ。'11年3月31日まで）。

ハワイで、ほとんどのものが購入できるという話は聞いていましたが、心配性の私は、哺乳瓶、粉ミルク、布おむつ、肌着、赤ちゃん用ミトン、綿棒、靴下など、ひと通りは日本で揃えていきました。

また、彼が買ってきてくれた本にハワイで買えないものとして、母乳パッドと爪切りが書いてありましたので、それも用意しました。

愛言葉 45

「面白いと思わなければ、面白いものは何もない」

ハワイへの渡航を控えて、
手続きや出産準備グッズを揃えるなど多忙な日が続きました。
何事も面白いと思えば、疲れはありませんでした。

けっこうな荷物になりましたが、特に粉ミルクと母乳パッドは、日本から持っていってよかったなと思いました。

もちろん、母から送ってもらったビデオカメラや腹巻も持っていきました。

「帰ってくるときには、ベビー用品がたくさん増えているんだろうな」

スーツケースに荷物を詰めながら、想像が膨らみました。そしてこんな言葉を思い浮かべました。

「面白いと思わなければ、面白いものは何もない」

作家、ヘレン・マックインズの言葉です。お金のことや体のことなど、考えなければならないことはたくさんありますが、妊娠、出産という貴重な機会です。どんなことでも面白いと思わなければ、楽しむことなんてできません。私はこの言葉を思い浮かべて、ハワイでは思う存分、

「妊娠を楽しもう」

そう決めたのです。

★快適なコンドミニアム

5月19日、出産予定日のちょうど1カ月前に、ハワイへ出発しました。

ハワイまで約7時間のフライトです。クッションを2つ使い、腰回りの安定を図り長旅に備えました。

私にとって、お腹が大きい状態で飛行機に乗るのは初めての経験。不安もありましたが、

「栄万、7時間一緒に楽しもうね」

という気持ちで、映画を見たり、食事をとったりして過ごしました。

飛行機が上昇するとお腹（腸）が張ることがあるため、炭酸は控えたほうがよいと聞いていましたが、まったく張ることはありませんでした。

栄万は、初めての飛行機を楽しんでいるのか、いつもどおり元気に動いていました。どうやら、緊張していたのは、ママだけだったのかもしれませんね。元気な栄万を感じて、ホッとしたのを覚えています。

約7時間後、ハワイのホノルル国際空港に到着しました。

快晴。海の香りがして、日本より湿気がなくさらっとしています。風が心地よく、優しい太陽がキラキラとそそいでいました。

身重の体で飛行機に乗り、これから出産をするという緊張感を南国の雰囲気が、少し和らげてくれたような気がしました。

ホテルへ着くと、ホテルの予約の段階からお世話になったIKUKOさんが出迎えてくれました。

「疲れたでしょう？　わからないことがあったらなんでも聞いてね」

「いつお産が始まるかわからないから、いつでも病院に行けるように、常にタクシー用の現金を財布に入れておいて、出産用品もまとめておいたほうがいいわよ」

初対面にもかかわらず、まるで、〝ハワイのお母さん〟のように温かく、丁寧にアドバイスをしてくださいます。本当に心強く、

ありがたく感じました。

「〝雑草〟も、化けていつかは〝花〟となる」

〝草〟は、くさかんむりに〝早い〟と書き、〝花〟は〝化ける〟と書きます。

初め（早期）は、雑草のようにがむしゃらで必死な存在でも、人を和ませる花のような人に成長していけるはずです。

私は、まだ母として未熟です。栄万のことで一喜一憂するばかりで、周りの方に支えられています。それでも、いつかＩＫＵＫＯさんのように温かみのある母として花開きたいのです。

そんな私のハワイでの滞在先は、ワイキキの中心にある2ベッドルームのコンドミニアムでした。

17階の部屋の窓から見渡せる青い空と海。どこまでも広がる空と海を眺めていると、自然とリラックスできる気分になりました。

「早く栄万にもこの景色を見せてあげたいな」

部屋には、ＩＫＵＫＯさんの娘さんが出産の際に使ったというかわいいロッキングチェアが用意されていました。

お腹が大きな私にとって、ゆらゆらと揺れるこの椅子《いす》は楽でした。とても心地よく、座っているとウトウトしてしまうほどでした。

この椅子は部屋にいるときの私のいちばんのお気に入りの場所になりました。

愛言葉
46

「〝雑草〟も、化けていつかは〝花〟となる」

子育てに必死の私ですが、いつも子供を
優しく包みこめる花のような母になっていきたいですね。

また、コンドミニアムの部屋には、ホテルと違ってキッチンがあります。

梅干しなど、日本から持ってきた食材を使って、いつでも自炊ができるように準備していました。バルコニーで食べる朝食は、すがすがしく大好きなひと時でもありました。

昼食は、ＩＫＵＫＯさんたちと食べに行くことも多かったのですが、夕食はひじきや春雨サラダなど、日本にいたときと同じように自炊していました。ハワイに合わせて、パイナップルカレーを作ったり……。食事で南国気分を味わうのも楽しみのひとつになりました。

そのほか、コインランドリーなどもあり、まさに〝わが家〟のよう。コンドミニアムの生活は、予想以上にアットホームで快適でした。

★ハワイ買い物事情

のんびりした雰囲気のハワイにもかかわらず、意外にも最初の2週間は大忙しでした。

食材や出産用品など、ほぼ、何も用意しておらず現地で調達しようと思いましたので。

食事用の買い物を手伝ってくれたのが、IKUKOさんや後ほどご紹介する桂さん、私にホテルを紹介してくれた友人の知人であるマイク夫妻でした。夫妻はハワイ生まれの日系のご夫婦でしたが、日本語はできません。私は、このご夫婦と初めての英語の筆談をしました。

「brown rice（玄米）」や「drinking water（飲料水）」など、買いたいものの単語を並べただけのつたないものでしたが、一生懸命理解し、

「Good for baby!」

と、おすすめの食材を選んでくれました。

また、ハワイの見どころのひとつであるハロナブロウホールへ連れていってくれました。ハナウマ湾の東にあるハロナブロウホールは、海に突き出た岩の割れ目から鯨の潮吹きのように海水が高く噴き上がる潮吹き穴。その自然の雄大さに触れ、お産のためのパワーをもらったような気がしました。

ディナーもよくご一緒しました。奥様のCHIEMIさんは、3人のお子さんを帝王切開で出産したそうです。そのときの様子を伺ったり、産後に必要なものなど、先輩ママとして相談に乗っていただきました。そんなときは、大学で日本語を学んだことのあるご長男が通訳としてお手伝いしてくれました。

「私の思い描く理想の家族だなあ」

いつも気さくに話しかけてくださるご夫婦とお子さんは、本当に憧れの家族で、羨ましく思いました。

そんな素敵なマイク夫妻は、ハワイで料理が作りたいという私

のために、週に一度『SAFEWAY』というスーパーへ連れていってくれました。

とても広い店内には、オーガニック野菜などの食材がずらり。お気に入りは、こちらのスーパーにしか売っていないというピリ辛のナッツ（笑）。あとを引くおいしさで、お土産にも買って帰りたいと思ったほどでした。


買い物は、食材だけではありません。


出産に向けてのベビー用品の購入は、ＩＫＵＫＯさんに連れていってもらいました。

まず向かったのは、出産後なくてはならないベビーカーです。調べると『マクラーレン』のベビーカーがよいそうなので探していたのですが、残念ながら新生児用のものがありませんでした。

店員さんにおすすめを聞くと、日本製の『コンビ』というメーカーのベビーカーを紹介されました。ベビーカー、ベビーシート、キャリー＆ラックなどと1台で5ＷＡＹの使い方ができる便利なベビーカー。成長とともに使い方を変えられるだけでなく、例えば、車内で眠った赤ちゃんを、起こさないでそのまま移動できるなど、さまざまな使い方ができるのがポイントです。お値段も日本で買う半額程度で購入することができましたので、ハワイで出産を考えている方は、現地で購入したほうがよいかもしれませんね。

さらに、ベビー服も買いました。

アウトレットや免税店などですので、『ラルフローレン』など米国ブランドのものがかなりお安く購入できます。いちばんのお気に入りは、襟が花柄になっている『ラルフローレン』のポロシャツワンピース。3カ月用の服なので、産後すぐには着せてあげられませんが、早くこの服を着た栄万の姿が見たいと思います。

『OSHKOSH』という安くてかわいらしい米国ブランドもアウトレットで見つけました。色使いやデザインがキッチュで、何枚も欲しくなってしまいました。また、アラモアナで『JANI AND JACK』というお店も見つけました。値段もそれほど高くなく、色も形もキレイです。ひとめぼれしてしまい、栄万の洋服をたくさん買いました。日本にはないデザインがかわいいのです。こんな洋服を作りたくなってきました。

日本にいるころから、徐々に感じていたことですが、買い物をして栄万のものが増えるにつれ、家や生活空間で〝子供〟の存在が大きくなっていくような気がします。

最初は、私ひとりだった部屋に、ベビーグッズが並ぶことが不思議というか、驚きがあったのですが、出産前には、もう栄万が家族のひとりとしてそこにいるのが自然になってきました。

10カ月という時間をかけて、母親は愛情を育て、子供が育つ環境を作っていくのだと思います。

妊娠中の10カ月間というのは、物理的にも精神的にも母親、そして家族になっていくために必要な時間なのかもしれません。

「花から始まる花はない」

お世話になっている方から教えていただいた言葉です。

植物は、種や球根から芽を出し、成長し、時間をかけて美しい花を咲かせます。

この言葉と同じように、〝家族〟も最初から〝家族〟としてでき上がるわけではありません。お腹にいる時間も含め、一秒一秒時間を共にして〝家族〟となっていくのでしょう。

そんな家族をいつか私も持ちたいものです。

愛言葉 47

「花から始まる花はない」

最初から〝家族〟として生まれる人はいないのではないでしょうか。
お腹にいる間も含め、気持ちや時間を共にしていくことで
〝家族〟になっていけるのだと思います。

★ハワイの病院と出産方法

ホテルから近い総合病院の「カピオラニ病院」で出産を予定していました。

日本人の先生がいるということで、この病院を選んだのですが、実際に訪れてみると、とてもキレイで、看護師さんもウエルカムな雰囲気で迎えてくれる和やかな病院でした。

私の担当医は、女医のヤザワ先生。初めてお会いしたときから、笑顔がとっても素敵な若くてキレイな先生で、出産方法や出産日までの過ごし方を丁寧に教えてくださいました。

日本で診ていただいていた先生のことを信頼していましたので、途中から先生が代わるのも海外で出産するうえでの心配事のひとつでありましたが、ヤザワ先生なら大丈夫と安心できました。

ハワイに来てから、ＩＫＵＫＯさんやマイク夫妻など、新しい

出会いと支えがたくさんありました。もちろん、ヤザワ先生もそのひとりです。

ひとつひとつが素晴らしい出会いで、私はすべての方に感謝しています。こんな素敵な方々に栄万のおかげでめぐり合わせてもらいました。

栄万には、いつか必ずハワイでのことを話してあげようと思います。

出産まで週に1回、IKUKOさんに健診に連れていってもらいました。赤ちゃんの心臓の音を確認したり、体重をはかったり、日本より簡素な健診という気がしました。待ち時間も少なく（日本では2時間ほどかかりました）、素早く対応してもらえたので、妊婦としては楽でいいな、と感じました。

急な環境の変化に栄万の調子が悪くなってないかな、と心配していましたが、初診では、

「まったく問題ないですよ」

ということでした。

これには、ホッとひと安心。

出産予定日の10日前の健診で、無痛分娩《ぶんべん》での出産を決めました。欧米では一般的な出産方法で、近年は日本でも選択する妊婦さんが多くなっています。麻酔の方法は多少違うらしいのですが、私の場合、出産前に背中から麻酔をするため、出産時の痛みはかなり和らぐそうです。また無痛分娩は、出産後の体の回復が早いという利点もあり、私は無痛分娩を選択したのです。

出産時は、

「鼻からスイカが出るくらい痛い」

と聞いていましたので、無痛分娩を選択でき少しホッとしました。もちろん、かわいい栄万に会えるのは楽しみでしかたがないのですが、正直なところ、出産の恐怖があったからです。

初産の場合、遅くなる方が多いということも聞いていましたが、私の場合も、出産予定日より遅れそうだという説明も受けました。ヤザワ先生からは、

「陣痛が10分おきに来るようになったら、病院へ来てください」

と言われましたが、出産予定日となる6月19日を過ぎても陣痛が起きない場合、陣痛促進剤を使って出産をうながすこともあるということでした。私は、できるだけ陣痛促進剤を使いたくあり

ませんでした。でも、すべてが初めてのことなので、
「あとは自分と栄万を信じるしかない」
と出産本番に向けて気を引き締めたのです。そしてふとこんな言葉を思い浮かべていました。

「笑い相手がいて、初めて生まれるんだよ。相手を信用しないと笑えないよ」

これは、欽ちゃんこと萩本欽一さんの言葉です。萩本さんは〝お笑い〟のことを言っていらっしゃるのですが、今の私と栄万にもあてはまるような気がしたのです。お互いを信じて初めて栄万が無事に生まれてくるのではないでしょうか。そして笑顔で笑い合えるのではないでしょうか。ふと、そんなことを思ったのです。

愛言葉
48

「笑い相手がいて、初めて生まれるんだよ。相手を信用しないと笑えないよ」

出産直前に私は萩本欽一さんのこの言葉を思い出しました。
出産は子供との共同作業。
お互いに信頼して、笑顔の出産ができるのです。

★初めてのウオーキング

ショッピングに夢中になり、ハワイに来てからはよく歩くようになりました。

じつは、日本ではあまりウオーキングをすることがありませんでした。ホステスという仕事柄、昼からランチに出かけることが多く、昼間の時間にゆっくり歩くということができなかったのです。

ハワイの陽気に誘われて外に出てみると、思った以上に気持ちよく最高でした。

潮風も心地よく、気づけば数時間歩いていることもありました。

ハワイ滞在中は、街を歩いていると、たくさんの方に声をかけてもらいました。

「男の子？　女の子？」
「元気な赤ちゃんを産んでね！」

正直なところ、日本では、こんなに陽気に声をかけられることが少なくありませんでした。

それに、
「言葉がわからない」
「聴こえない」

という不安が私に彼らとの〝壁〟を作っていました。

しかし、ある女性のおかげで、私はその〝壁〟を打ち砕くことができ、ハワイ生活をさらにエンジョイできるようになりました。

ある日、いつものようにビーチ沿いを歩いて、ショッピングセンターへ向かったときのことです。

お店に着いて栄万のベビー服を見ていると、向こうから白人の初老の女性が私のほうへ向かって歩いてこられました。気づけば私の目の前に……。

そして突然、私のお腹を指さして、何か言い始めたのです。

「何を言っているのかな？」

聴こえない私は、

「わからない」

ということを必死で伝えようとしました。

女性はちょっと困った顔をしています。私の不安は、また一気に大きくなりました。

すると、女性は急に私から離れ、近くにあったベビー服を摑んで、私の目の前に差し出したのです。

男の子用の服と、女の子用の服でした。

私の赤ちゃんが、男の子か女の子かを聞いているようでした。

私は、女の子用の服を指さし、ノートを取り出してこう書きました。

「GIRL」

そして、耳が聴こえないことを伝えようと思い、こう付け加えました。

「I cannot hear your voice.」

彼女は、単に英語ができないのだと思っていたようですが、私が書いたことで、すべてを理解してくれたようです。

それから、彼女と筆談でのコミュニケーションが始まりました。

「NAME?」

「EMMA」

「Great! Most popular name in America!」

彼女は、「栄万」という名前がアメリカでいちばん人気のある名前であることも教えてくれました。

英語が得意でない私は、彼女の書く英単語がわからないときもありました。そういうときは、必死にジェスチャーやイラストで説明してくれ、お互いにわかり合うことができました。日本で健常者の人と私が筆談でコミュニケーションができたときのように。

ハワイに来る前から〝言葉の壁〟に少し不安を持っていた私ですが、彼女はその〝壁〟をいとも簡単に壊してくれました。

〝言葉の壁〟とよく言いますが、じつはそれを壊すのは流暢《りゅうちょう》な言葉ではなくて、〝心〟なのだと思いました。

自分の気持ちを伝えたいと、どれだけ強く思えるか、相手の気持ちをわかろうと、どれだけ必死になれるか……。この〝心〟がお互いの間にある〝壁〟を崩してくれるのだと思います。

もしかして、それは言葉が通じる者同士においても同じなのかもしれません。いくら日本語で話しても、相手のことを理解し合いたいという気持ちがなければ、やはり〝壁〟ができてしまいます。

私の〝言葉の壁〟を取り除いてくれたあの女性が私に教えてくれたのです。

そして私はジョン・レノンのこの言葉をかみしめていました。

「心を開いてYESて言てごらん。すべてを肯定してみると答えが見つかるんだ」

ハワイでの筆談ライフを楽しもう、そう心に決めたのです。

★ママ友の支え

出産予定日が近づくと、いつ何が起きてもおかしくないとの思いから、少しソワソワした気持ちになっていました。

嬉しくて、ワクワクして、でも少し怖いような……。いろいろな感情がこみ上げてきました。こんなふうに短い期間でめまぐるしく心が動いたのは、生まれて初めてかもしれません。あらためて出産の素晴らしさと偉大さに気づかされました。

そんな出産を目前に控えた私は、ハワイでもたくさんの方に支えていただいていました。

ＩＫＵＫＯさんの紹介で、私と同じようにハワイで出産した妊

愛言葉
49

「心を開いてYESて言てごらん。すべてを肯定してみると答えが見つかるんだ」

ハワイ出産は言葉の違いが心配でした。
でも、ある女性との筆談でその不安は消えました。
心を開けば理解しあえるものです。

婦さんとの出会いもそのひとつでした。

　彼女の名前は、竹川さん。なんとハワイで3人目の出産準備中で、大先輩ママとして、いろいろなアドバイスをしてくださいました。

　例えば、出産後に使うミルク用ポットの存在も教えていただきました。子育てを経験されている方ならご存じだと思いますが、粉ミルクを作るとき、普通のポットのお湯を使うと熱すぎるので冷ます必要があります。ミルク用のポットなら、ミルクを作るのに最適な温度（60度）にお湯をキープしてくれるのだそうです。

　また、私が出産間近ということもあって、

「最初の出産のときは、夫がお仕事で出張中に生まれちゃって、大変だったの！」

　と、出産時のエピソードを教えてくれましたが、やはり出産に対する恐怖心があったプレママの私は、正直なところ、

「どんなものだろう、怖い」

　と思いました。

　竹川さんを見ていると〝母は強し〟だとつくづく感じます。私

も出産を終え、子育てをするうちに彼女のような強く美しく、大らかな母として成長したいと思いました。ちなみに竹川さんは、ふたりとも自然分娩で、今回も自然分娩で産むそうです。なぜなら、自然に痛みを味わって産んだほうが母親としての意識が強いからと。痛みも今度で打ち止めという思いで自然分娩だそうです。

　やっぱり母はすごい、強い……。素敵ですね。

　そして、出産時や産後のサポートをしてくれる、ＩＫＵＫＯさんのお知り合いの桂さんとの出合いもありました。

　桂さんは名古屋とハワイを行き来している方ですが、私が滞在していたホテルによくいらっしゃるそうで、私がひとりで出産するということを聞いて、お手伝いをしてくださることになりました。

　じつは、産後、栄万を抱えて食事や日用品の買い出しに行けるのか、24時間たったひとりで子育てができるのか不安でした。ですから、桂さんが料理や栄万の世話など、産後に身の回りのことをサポートしてくださることになり、本当にありがたく、心から安心して出産に臨めるという気持ちになったのです。

産後のサポートは、本来なら初めてお会いする方にお願いすることではないのかもしれません。でも、きっと神様が栄万に巡り合わせてくれた〝出会い〟なのだと思い、桂さんに甘えることにしたのです。

一緒におむつの買い出しにも連れていってくださいました。また、桂さんの息子のみつちゃんもバイリンガルで通訳をしてくれたり荷物を持ってくれたりと、本当に頼もしく、

「男の子もいいな」

と、ふと思ってしまったくらいです（笑）。桂さんには、おいしいお店を教えていただいたり、日本語字幕のあるＤＶＤレンタル屋さんにも連れていっていただきました。エステサロンも紹介してくださいました。エステは、ハワイに遊びに来てくれた友人とふたりで行ったのですが、顔のむくみも取れて背中、腰、足のこりや疲れもすっきり取れました。送迎付きで楽なので、妊婦さんにもおすすめです。

考えると、妊娠してから日本でもハワイでもたくさんの方に支えられてきました。何かが起きるたびに、手を差し伸べてくださる方がいて、ひとりではないことをいつも感じています。こんなにたくさんの大人たちを動かしている栄万はすごいと思います。

たくさんの方に支えられ、どんな道も乗り越えられる強い母へ成長しようという気持ちになりました。出産時にはマイク夫妻もかけつけてくださるとのことで、ＩＫＵＫＯさんからマイク夫妻に電話していただく予定です。

こうやって皆さんに助けられながら出産できるなんて、不思議ですね。栄万が巡り合わせてくれたのですね。何があっても大丈夫という気持ちで出産に臨めそうです。

6月19日の予定日を過ぎても栄万は生まれそうにありません。日本時間の20日にはエステに行ったり、友人とショッピングしたり、夜は竹川さんと竹川さんの友人と桂さん、みつちゃん、わたし、友人で鉄板焼きを食べに行ったり、元気いっぱいです。

さらに日本時間23日。まだ生まれそうにありませんが、1週間前に比べてお腹が大きくなりました。まだまだこのままで妊婦でいたいと思っていたのに、すごく大きくなってきたので、これ以上大きくなる前に生まれてきてほしいと思うようになりました。あまり大きくなると産むのがたいへんになりそうです。

★陣痛

現地時間の6月23日の朝、目覚めると、体に少し違和感があって、血と水の混ざったような出血がありました。少しびっくりしましたが、陣痛というほどの痛みは感じなかったので、予定どおり桂さんとショッピングモールへ買い物に出かけました。

朝11時。ショッピングをしていると、今度は腰と下腹部にズンという痛みが走りました。生理痛のような、深く鈍い痛み。

「もしかして、陣痛？」

桂さんに報告すると、

「そろそろ生まれる合図だよ」

と、笑顔です。やはり初めての陣痛でした。

最初は、思ったより痛みが続くことはなく、ときどき感じる程度でした。痛みがひどくなる前に買い物をすませようと、昼食にひじきの煮物とカツサンドを買ってホテルに戻りました。

午後2時ごろ、約束があったのでホテル内のＩＫＵＫＯさんのオフィスへ向かっていると、また生理痛のような痛みが襲ってきました。これまでよりも強い痛み。歩くことができず、一度、立ち止まってしまいました。痛みが治まったら歩き、痛みが襲ってきたら止まり……。繰り返すうちにうっすらと汗が出てきました。

そんな私を見て、すぐにＩＫＵＫＯさんが気遣ってくれました。

「調子はどう？」

「生理痛のように痛くなったりするので、もうすぐですよね？」

そう伝えると、

「もうすぐ生まれるというサインだから、準備しておいてね」

と、アドバイスしてくれました。〝もうすぐ〟。その言葉に、

「いよいよだ」

と、胸が高鳴りました。

部屋に戻ったあとは病院へ行く用意をすませ、軽く食事をとり、横になりました。

午後7時。激しい腰とお腹の痛みで目が覚めました。昼間よりもずっと強い痛みです。横になっていないと耐えられません。お腹を撫でる余裕もありませんでした。

午後10時。痛みがきては消え、消えてはまた痛み……。時間を計ってみると、すでに5分間隔で陣痛がきていました。気がつけば病院へ行かなければならない陣痛の間隔になっていたのです。

今まで感じたことのない強い痛みに、全身からは汗。病院へ一緒に行く約束をしていた桂さんへ必死にメールをしました。

「陣痛が5分おきになりました」

ところが、いつもはすぐに返信をくれる桂さんからメールがありません。

すぐに、東京の友人にメールしました。

痛みが強くなるにつれ、焦りが募ります。痛みと闘いながら、シャワーをすませました。

そのとき、なんと桂さんが部屋まで来てくれたのです。

あとから聞いた話ですが、メールをした日本の友人からIKUKOさんに伝わり、IKUKOさんが状況を桂さんへ伝えてくれたのです。

本当にありがたい連係プレー……。

そして、夜11時半、IKUKOさんの車で病院へ向かいました。

病院へ着いてベッドに横になると、痛みはさらに強くなる一方。陣痛はすでに2分間隔になっていました。痛みがくるたび桂さんが優しく私の腰をさすってくれました。その優しさに、痛みを乗り越える勇気がわいてきました。

愛言葉 50

「夢って、頭で考えるものではなく、体で見るもの」

陣痛の辛さのなか、頭をよぎったのが桃井かおりさんの言葉です。出産も含め、何事も必死に動かなければ夢は現実になりませんね。


「いよいよ、栄万を産むんだ。頑張るからね」

そう心の中で叫んでいました。

そして、こんな言葉を思い浮かべていました。

「夢って、頭で考えるものではなく、体で見るもの」

これは女優、桃井かおりさんの言葉です。栄万と幸せな日々を過ごしたいという夢のために、私は初めての出産に臨んでいました。それは、まさに体で夢を見ているようで、体が熱くなっているのを感じていました。

★栄万誕生

「すぐにでも生まれるのでは……」

と思っていましたが、病院に着いてから子宮口の開き具合を見てもらうと、まだ産道は1.5センチくらいということでした。

腰もお腹も壊れてしまうのではないかと思うほどの痛み（生理痛の100倍ほどの痛み）に思わず息を止めてしまうことも……。

「息を止めると子供が苦しいから、鼻から吸って口から吐いて」

と、看護師さんから説明を受けるのですが、とにかく息苦しく、吐き気もあり思うようにはいきません。陣痛が辛いと聞いていましたが、実際の痛みは想像以上です。

「いつまで続くのだろう」

そう思ったときのことです。突然、ベッドの上で破水してしまいました。驚きと緊張のなか、

「IKUKOさんの車の中ではなくてよかった」

そう頭をよぎりました。

6月24日、朝4時ごろ。すでに病院に来てから4時間が過ぎていました。陣痛の辛さは増す一方ですが、思ったより子宮口の開きが遅いのか、まだ分娩室へ向かうタイミングではありません。看護師さんが痛み止めの点滴を打ってくれましたが、あまり効かず、陣痛の痛みがくるたびに、

「きた、きた〜!」

と叫んでは、桂さんとIKUKOさんに背中をさすってもらうということを繰り返していました。夜中じゅう付き添って、背中をさすってくださるおふたりに、本当に感謝しました。おふたりが付いていてくれたことは、何よりも心強く安心でもありました。

そして、4時過ぎ。やっと分娩室に移動です。きれいなその部屋には、栄万用の小さなベッドと私のベッドが並んでいました。

子宮口を調べてもらうと、2センチほどに広がっていました。

「無痛分娩のための麻酔をしますか?」

と看護師さんに聞かれ、麻酔をすることにしました。

麻酔をしてしまうと、陣痛の痛みもなくなってしまい、産むタイミングがわからなくなってしまいますから、本当は、

「もう少し頑張ります」

と、言いたかったのですが、とにかく痛みに耐えられなかったというのが現実でした。

麻酔の先生に背中側から麻酔をしてもらい、その後3回ほど陣痛を乗り越えたところで、ようやく痛みからは解放されました。

安堵感からでしょうか、IKUKOさんと桂さんに、

「幸せ」

と、伝えたほどでした。

そして、睡魔の強さに4時間ほど眠ってしまいました……。

朝8時。再度、看護師さんに子宮口の具合を確認してもらうと、

「いつでも産める状態ですよ」

と、笑顔で教えてくれました。ヤザワ先生も、

「もう少し赤ちゃんが下がってきたら産みましょう」

とのことです。

ところが、いよいよだというのに、陣痛の疲れや麻酔のために、また睡魔が……。私は、再び眠りについてしまったのです。


1時間ほど眠った朝の9時。IKUKOさんに起こしてもらって目覚めると、ヤザワ先生がそばにいました。

そして、説明が始まりました。

「大きく息を吸って、息を止めると同時にお腹に力を入れて踏ん張る。3回ずつやりましょう！」

ところが、まずは、練習……と思っていると、すぐに本番（つまり、出産）が始まったのです。

「もう、今から産むの？」

と尋ねたほど、自然に、そして突然、お産が始まりました。

IKUKOさん、ヤザワ先生、みんなが一緒になって、

「せーの」

と声をかけてくれているのがわかりました。私は、そのかけ声と同時に、大きく息を吸い、お腹を意識しながらいきみました。

ヤザワ先生が、

「もっと、もっと！」

と合図してくれて、それにこたえるよう必死にいきみました。

栄万が少し下がってきているのがわかりました。

もう1回、もう1回……。

さらに、栄万が半分くらい出てきたような気がしました。

もう1回、頑張れ！　何度も心の中で自分に言いました。

そして、最後に思いっ切りいきみました。すると……。

栄万が生まれ出る感覚がしっかりと体に伝わってきました。

IKUKOさんと桂さんと目が合い、自然と涙がこぼれました。おふたりの目にも涙が……。


6月24日午前9時13分（日本時間25日午前4時13分）。10分ほどの出来事でした。2千645グラムの女の子でした。

「スピード出産だったね。安産でよかった。よく頑張ったね」

IKUKOさんにも褒めてもらえたくらいあっという間のことでした。きっと、ハワイに来てからたくさん歩いていたのがよか

ったのでしょう。来て本当によかった、そうあらためて思いました。私にはもちろん聴こえませんでしたが、生まれた瞬間、大声で泣いていたという栄万。

生まれたばかりの顔をのぞくと、真っ赤で目も腫《は》れていました。大丈夫かな？　と心配しましたが、近くに抱き寄せると、なんだかすごく幸せな匂いがしました。

そして、また涙がポロポロとこぼれてきました。

「あなたに会えて本当に嬉しい」

私は、声にならない声で栄万に語りかけながら、こんな言葉を思い浮かべました。

「求めて得た愛は良し、
求めずして与えられた
愛はさらに良し」

これはウィリアム・シェイクスピアの『十二夜』の一節です。

私は、栄万を腕に抱きながら、そう心から思いました。

「これから何があっても、いつでも無条件に愛していきたい」

愛言葉
51

「求めて得た
愛は良し、
求めずして
与えられた
愛はさらに良し」

シェイクスピア『十二夜』の一節です。
生まれてきたばかりの栄万を見て、
「何があっても無条件でこの子を愛したい」と思いました。

★ふたり

出産という大仕事を終え、私は、これまでにないほどの幸福感に包まれました。

その夜、さらに幸せなことがありました。

ＩＫＵＫＯさんはお赤飯を、桂さんとみつちゃん、マイク夫妻もお花を持って駆けつけてくださり、6人で生まれたばかりの栄万を囲み、ノンアルコールのシャンパンで乾杯したのです。

栄万の出産をこんなに喜んでくださる方に囲まれ、大きな幸せを感じました。

翌日、初めて栄万に母乳をあげることにしました。しかし、残念ながら母乳があまり出ません。何度かトライしてみましたが、思ったように出ません。

心配になってヤザワ先生に聞いてみると、

「産後4～5日はかかりますよ」

と言ってもらい、少し安心しましたが、しっかり栄万に母乳を飲ませられるように、頑張りたいなと思いました（26日からはよく出るようになりました）。

そして、この日も桂さんやみつちゃん、ＩＫＵＫＯさんが入れ替わりに訪れてくれました。桂さんは夜も泊まり込みで付き添ってくれました。

栄万は、黄疸《おうだん》にならないようにライトを浴びなければならないと言われ、少し不安になりましたが、桂さんやＩＫＵＫＯさんがずっと一緒にいてくれたので本当に心強く感じました。おふたりは、私にとってすでに家族のような存在になっていました。

出産を終えて、誰かがそばにいてくれることの幸せにあらためて気づくことができました。陣痛で苦しかったときも、ＩＫＵＫＯさんや桂さんが私の背中をさすってくれたり、励ましてくれたことが本当に心強く、嬉しかったのです。もし、誰もそばにいなかったら、幸せな出産の場面も、ここまで大きな喜びにならなかったかもしれません。本当に、誰かがそばにいてくれるだけで、人はこんなにも幸せになれるのだと思いました。

今は、電話やメール、インターネットなど、人とつながる手段はいくらでもあります。でも、やはり基本は人と直接触れ合うこと。大切な人と一緒にいられることが何よりの幸福なのだと気づきました。

愛言葉 52

「〝大〟きな
〝可〟能性を、求めた
その〝跡〟には、
きっと〝奇跡〟が
生まれます」

障害を持ちながら子供を出産することは、本当に不安との戦いでした。それでも、あきらめなければいつでも可能性は開けるのです。栄万を抱きしめながらそう思いました。

6月26日、私は栄万より一足先に退院しました。栄万はもう少し黄疸予防のライトを当てるため、私より1日長く入院することになりました。別れるときは、寂しくなっていました。こんなに寂しくなるなんて、あらためて家族ができた喜びを感じました。

私が、こんなに幸せに新しい家族を迎えることができるなんて……。最初は私も不安でした。それでも、あきらめないでよかったと今は思っています。

「〝大〟きな
〝可〟能性を、求めた
その〝跡〟には、きっと
〝奇跡〟が生まれます」

〝奇〟という字は、〝大〟と〝可〟という字からできています。要するに、大きな可能性を求めていけば、きっとその跡に、奇跡のような出来事が残るのだと思います。

今、私は本当に奇跡のような幸せを感じています。私に大きな奇跡を与えてくれた栄万、本当にありがとう。

「三人の日、それは幸せな〝春〟の日」

〝春〟という字は、分解すると〝三人の日〟と書きます。私と彼は、結婚という形を取りませんが、栄万と家族「三人」で過ごせば、いつも幸せな、まるでポカポカ暖かい〝春の日〟になると教えてくれているようなのです。

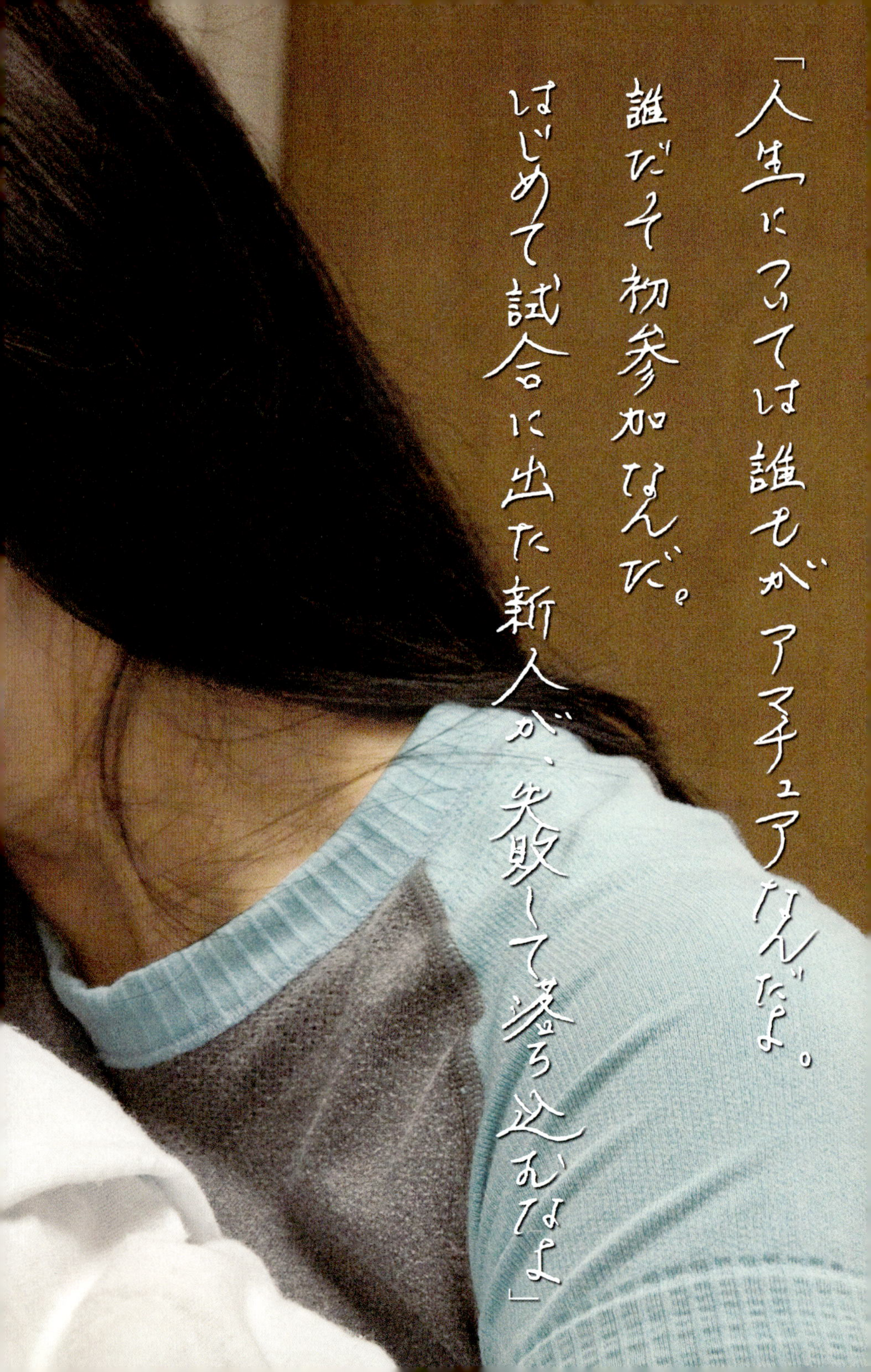

「人生については誰もがアマチュアなんだよ。
誰だって初参加なんだ。
はじめて試合に出た新人が、失敗して落ち込むなよ」

伊坂幸太郎さんの小説『ラッシュライフ』のこの言葉には、失敗してもまた立ちあがる勇気をもらいました。私は耳の聴こえない人生を送るのも初めて、母親としての人生も初めてです。失敗しても成長できる母親になりたいと願っています。

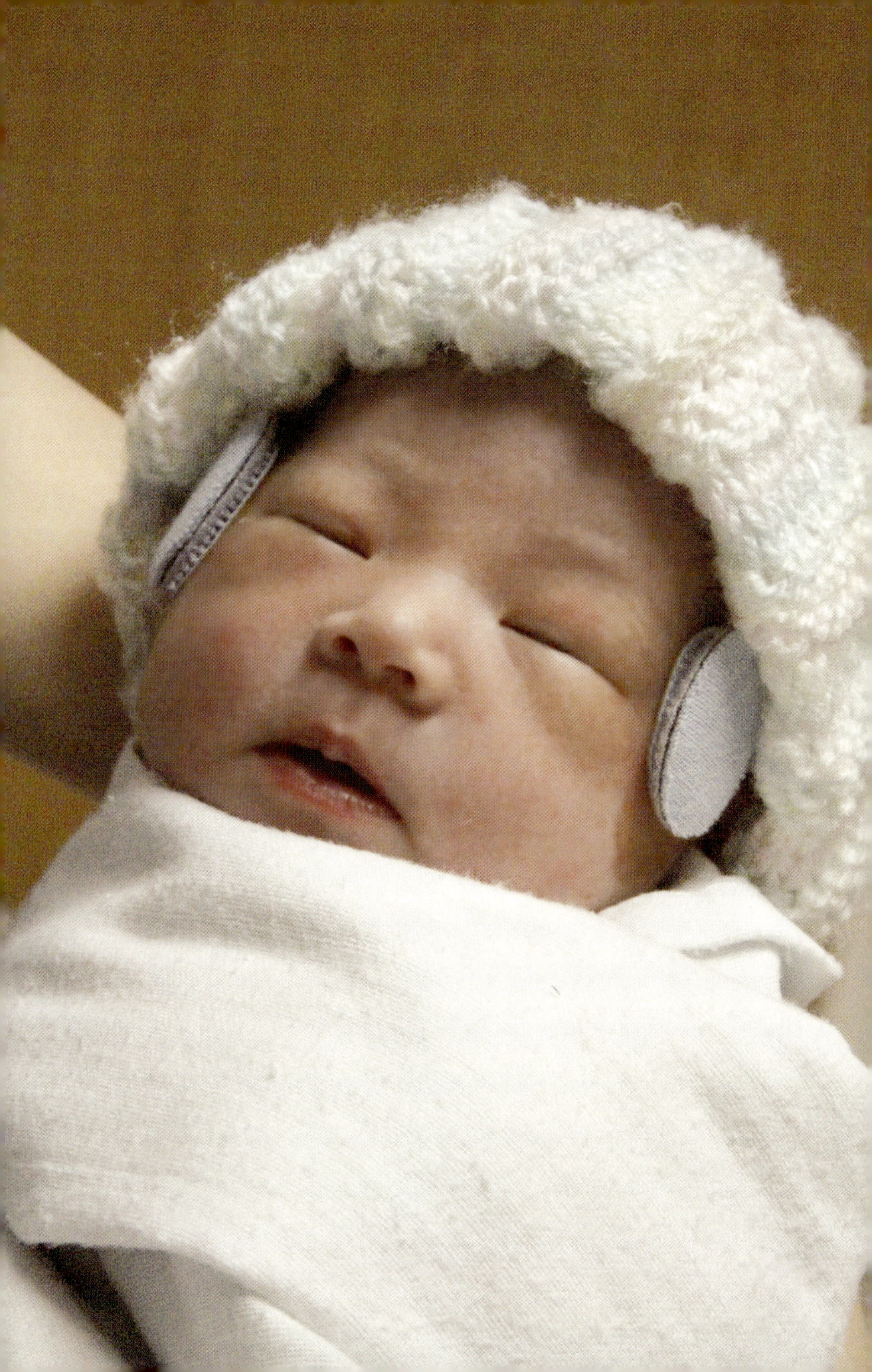

「子供を育てるということは、
育てられた当人が思っているほど、
そう簡単なものじゃありません」

栄万を授かって、ふと劇作家、森本薫の代表作『女の一生』の一節を思い出しました。栄万を産み、初めて母の気持ちがわかるような気がしたのです。お母さん、私を産んでくれてありがとう。

得意の新漢字解釈です。出産という〝朝〟を迎えるためには、十月十日が必要なのですね。

Chapter 4

里恵の気持ち、そしてこれから

★躾《しつけ》とは

ハワイへ出発する少し前、以前同じお店で働いていた先輩ホステスのLさんと3歳になるお子さんに会いました。

Lさんは、私が妊娠をご報告した際、

「これからはママ友ね！」

と喜んでくださった心強い先輩ママでもあります。

ところが、今日のLさんはイライラ気味。

「この前、幼稚園の説明会に行ったら、周りのお母さんたちは〝お受験〟の話ばかり。もっと大切なことがあると思わない？」

お子さんの躾について、周りのお母さんたちと意見がズレてしまったようです。Lさんのお子さんは、小さいのに挨拶もきちんとしています。Lさんが、日ごろから挨拶や礼儀などを大切にしている方だからだと思います。

「親が子供にいちばん教えなきゃいけないものは、勉強じゃないと思うの！」

Lさんの話を伺いながら、私は商社を経営されているお客様の話を思い出しました。海外暮らしの長いその方は、

「英語には、日本語と同じ意味での〝躾〟という言葉がない」

とおっしゃっていました。

training（訓練）やmanner（行儀）などが〝躾〟に当てはまる言葉として使われているようですが、ぴったりと同じ意味の言葉がないということでした。

確かに、日本語の〝躾〟も、trainingやmannerと同じ意味で使われることがありますが、少し違う気がします。

それは、身が美しいと書く、〝躾〟の漢字を見るとわかります。

「躾とは、身から出る美しさを教えること」

物で着飾るというわけではありません。内面から出る美しさや心のありようを伝えていく、そんな意味が、日本語の〝躾〟にはあるような気がします。

Lさんが大切にしたいという、挨拶や目上の方への礼儀もそうだと思います。

〝躾〟は、古来より育《はぐく》んできた美しい心なのだと気づかされます。もしかしたら、子供だけに使う言葉ではないかもしれません。自分自身もその心を忘れず、栄万にも伝えていけたらと思います。

★斉藤式子育て論

妊娠中、『筆談ホステス』を読んでくださった方から、「どんな子育てをしたいですか？」というご質問をいただきました。

これは、簡単なようでとても奥深く、難しい質問だと思います。もしかして、母親として、一生をかけて答えていく問いかもしれません。

栄万を授かってから、私は初めて〝子育て〟について考えることになりました。でも、考えれば考えるほど、これが正しいと思える答えは出てきません。

きっと、栄万を育てながら、その答えが少しずつ見えてくるのではないかと思っています。

ただ、大切にしたいと思っていることがひとつあります。

「看る」

ということです。

愛言葉 53

「躾とは、身から出る美しさを教えること」

〝躾〟という字は〝身が美しい〟と書きます。内面からの美しさや心のありようを伝えることが躾なのだと思います。本当に美しい言葉ですね。

〝看《み》る〟という字は、〝手〟と〝目〟からできています。

「子供を〝看る〟ということは、〝手〟で触れ合い、ときには〝目〟でそっと見守ること」

耳が聴こえない私は、ほかのお母さんより手をつないだり、ハグしたり、子供とたくさんのコミュニケーションをとりたいと思っていますし、大切なことだと思っています。

それと同時に、ときには子供が自分で考え行動している姿を見届けることも必要なのではないかと思うのです。この場合は、〝手〟はいりません。先に〝手〟を回して、あれこれするのではなく、後ろからそっと見守りたいと思うのです。

手と目で子供を〝看る〟ことを子育ての基本にしたい、そう思っています。

★故郷・青森の父親

妊娠4カ月のころ、帰郷した際に母へ赤ちゃんを授かったという報告をしましたが、父には直接言えませんでした。

22歳で家を飛び出してしまった私は、じつをいうと、今でも父とふたりきりになると何を話していいかわからない関係。普段から、父親に報告することがあっても、母親を通じて会話をしていました。

それに、娘が結婚せずに子供を産むことに対して、賛成をしてくれるはずがないという気持ちもありました。

私の幼いころから、父は頑固で昔気質《かたぎ》な人でした。

娘を前にしても、かわいがっておしゃべりしてくれるような父ではありません。

口を開けば厳しい言葉ばかり。私の発音がおかしいと注意し、正しい発音ができるまで徹底的に教えました。

今では、それを優しさだと思えるのですが、

「父の前で話すと怒られる」

という気持ちが先走り、できるだけ話さないようにしていた時期もありました。

結局、父との溝を埋められないまま、私は故郷をあとにしたのです。

近寄りがたい父でしたが、ひとつだけ父から言われた言葉で、今でも忘れられないものがあります。

小学1～2年生のときだったと思います。

「次は、これして遊ぶ」

「今は、○○しちゃダメ！」

と友人たちにつたない発音で指図ばかりしていた私に、父はこう言いました。

「自分がこうしようではなく
相手が何をしたいか聴きなさい
相手を思いやる心が大切なんだよ」

この言葉は、私がホステスとしてお仕事をしていくなかでも、指針となりました。

腹が立ったとき、辛いときでも、相手を思いやることで、人との関係を築く力にもなりました。

また、人間関係でお悩みのお客様にも、ときどき、父の言葉を

愛言葉
54

「子供を〝看る〟
ということは、
〝手〟で触れ合い、
ときには〝目〟で
そっと見守ること」

子育ての基本は〝看る〟ことだと思います。
スキンシップをたくさんとって、
過保護にならず子供をそっと見守れる母になりたいですね。

借りて後押しさせていただいたこともありました。

いまだに、父とはうまく話せないところもあります。それでも、父が私にくれたこの言葉は、私のなかで確実に生き、私を成長させてくれました。

「お父さん、本当はすごく感謝しています。ありがとう」

いつか、栄万にも父から贈ってもらった〝思いやり〟の言葉を伝えていきたい。そう思っています。

また、栄万の父親である彼が父にそっくりなのです。

彼は、私がメールで書いた文章がおかしいと、わざわざ直して送り返してくれますが、父親にもよく指摘されます。また、父が私の発音を細かく直してくれたときのように彼も私の発音にうるさいです。

ときどき、面倒だなと思うのですが、そうやって私のことを考えて指摘する人はなかなかいませんから、ありがたいと思っています。

愛言葉
55

「自分がこうしよう
ではなく、
相手が何をしたいか
聴きなさい
相手を思いやる心が
大切なんだよ」

小学校低学年のころ、ワガママだった私に
父が言ってくれた言葉です。
今でもお仕事をする上での私の指針になっています。

★命

自分のお腹に新しい命が宿り、日々確かに成長していることは、初めは信じられないというか、不思議でしかたがありませんでした。

しかし、だんだんとお腹の膨らみが大きくなるにつれ、自分の体の中にある〝ひとつの命〟を実感することが多くなりました。

病院でエコー写真を見せていただいて、成長している姿を見たときはもちろん、例えば、栄万がお腹の中でしゃっくりをしているのでさえ、いとおしくてしかたがありません。

両親や友人は私にとってなにより大切な存在ですが、お腹の中に生まれた新しい命は、初めて感じる特別な存在。

「私は今、ひとりの人間ではなく、新しい大切な命とともに生きている」

そう感じるたびに、命の神聖さ、そして大切な命を産むことができる女性の素晴らしさを思わずにはいられませんでした。

女性にしか感じることができない素敵な経験。子供を授かった方なら皆さん同じように経験されることで、特別に語ることではないのかもしれませんが、毎日、自分の体に起こる変化や栄万の成長のひとつひとつが本当に幸せで、そのすべてを見逃さず全身で感じようと必死な日々でした。

本当に私にとって尊い経験で、栄万を授かったことで、私自身も新しい自分に出会うことができたのです。

「〝人〟は一生、新しいドアを〝叩き〟開いていく、その為の〝命〟」

〝命〟という漢字を分解するとこうなります。

『筆談ホステス』出版後にある方からいただいたお言葉のひとつです。

ひとつひとつ目の前にある新しいドアを叩いて開くことが人間としての成長になる。

そして、それが〝命〟の喜びなのではないでしょうか。

愛言葉
56

「〝人〟は一生、新しいドアを〝叩き〟開いていく、その為の〝命〟」

〝命〟という字は〝一つ〟〝叩く〟と書きます。
直面した課題にひとつひとつに向き合い、
挑戦していくことが人間としての成長であり、喜びだと思います。

栄万に出会って、私はまたひとつ新しいドアを開くことができました。

これからの子育ても、私にとってまた新たな挑戦です。

新たな扉が目の前にあります。

栄万も、最初の扉を開けて、私に会いに来てくれました。

本当に嬉しい。

「ありがとう、栄万」

★愛犬・ウィー

聴覚障害者である私の大切なパートナーについてお話ししたいと思います。私のパートナー、それは、愛犬のウィーです。

名前は彼がつけてくれました。

オバマ大統領の、

「Yes, we can.」

のウィー（We）からつけたそうです。呼びやすくてとってもかわいい名前だと思います。

親バカならぬ〝犬バカ〟かもしれませんが、ウチのウィーは、

「素晴らしい犬だね」

「とってもおりこうさんだね」

とよく褒めてもらえるいい子です。あまり吠えないし、噛まないし、トイレもちゃんと守ります。甘えん坊で少々焼きもち焼きですが、とっても心の優しい私の家族。そして、家を守る番犬でもあります。

そんなウィーとの出会いは2年前、幼なじみの美幸が以前働いていた池袋のデパートでした。美幸にすすめられ真っ白なトイプードルを飼おうと思っていた私でしたが、ペットショップで真っ白でふわふわしたマルチーズのウィーと出会って、一目ぼれしてしまいました。

まさに恋に落ちるような瞬間。この子が私を待っていたのかしらと思ったのです。この子と出合ったのは運命だと……。

そして私とウィーの生活が始まったのです。私とウィーは少しずつ心と心が通じ合うようになりました。ウィーは、私が泣いていると涙をなめてくれ、朝はご機嫌に私を起こしてくれました。

ウィーがわが家に来てからというもの、

「里恵ちゃん、最近笑顔がいいね」

とお客様に言われることが増えました。

愛言葉
57

「親友へ信友」

妊娠中も私に元気をくれたのが愛犬のウィーでした。
いつの間にか、信じられる友のような存在になっていたのです。

家に帰っても自然と笑顔になれる時間が増え、優しい気持ちになります。傷つくような出来事があっても、家に帰ればウィーが尻尾を振って私を出迎えてくれ、私に元気をくれます。いつの間にか、ウィーは私の心の支えになっていました。

「親友へ信友」

すでにウィーは私にとっていなくてはならない〝親友〟でした。しかし日がたつにつれてウィーは親しい友、それ以上だということに気がついたのです。そこで私はウィーをこう思っています。信じられる友という意味での〝信友〟。

ウィーは、聴導犬ではありません。でも、誰かがインタホンを鳴らすと、玄関に向かって走りだします。私の耳が聴こえないことを理解し、自然とサポートしてくれるようになったのです。そう、それは無条件で手を開いて迎え入れてくれる友のようです。私は、この小さな家族にいつも励まされているのです。

私のお腹がだんだん大きくなると、ウィーも興味津々。

最初は気づいていないのだろうと思っていましたが、きっと、私のお腹が大きくなったのが不思議なのでしょう、大きなお腹と私の顔をキョロキョロと見くらべることが増えました。

今では家族の一員として、栄万の誕生を心待ちにしてくれているようです。

ハワイにいる間は、友人に預かってもらい、日本でお留守番。きっと帰国したときには頼りになるお兄ちゃんとして栄万を迎えてくれるでしょう。

★『筆談ホステス』海外へ

妊娠7カ月目の今年3月、驚くべきお話をいただきました。

なんと処女作『筆談ホステス』が韓国、台湾、中国で出版されることになったのです。しかも、韓国ではあの『余命1ヶ月の花嫁』の翻訳版をあつかっている出版社からの発売です。

自分の本を世に出すということですら夢のようでしたので、海外出版のお話を伺ったときは感激というより、言葉にならない驚きでした。

そして海外出版に際して、海外メディアの取材も受けさせていただきました。もちろん筆談で回答させていただくのですが、それぞれの国の言葉で書くことができれば、もっと気持ちが伝わるのに……と少し悔しい思いをしました。

音楽やアートに国境がないように、

「勇気や希望に国境はない」

海外にも、私と同じような聴覚障害を持つ方はたくさんいらっしゃると思います。

「あきらめなければ、何でもできる」

少しでも前向きな気持ちが世界中に伝われば嬉しいです。これから少しずつ各国の言葉を栄万と一緒に勉強していきたいと思います。

愛言葉 58

「勇気や希望に国境はない」

今年3月、処女作である『筆談ホステス』が韓国、台湾、中国で出版されることが決まりました。私と同じような障害を持つ方の勇気や希望になれば嬉しいと思っています。

★夢

「自分にしかできないことをやりたい」
私は常にこう思って生きてきました。

今、私はありがたいことに全国各地からたくさんの講演のお話をいただき、たくさんの方の前で自分の気持ちをお話しする機会を得ています。

講演に来てくださった方のなかには、
「勇気が出た」
「私ももっと頑張りたい」
と言ってくださる方もいます。そのなかには、私と同じ聴覚障害者の方もたくさんいます。私はいつも励まされてばかり。いつしか皆さんがハッピーになれる、幸せになれる、何かのお役に立てたらと思うようになりました。

銀座でお仕事ができたこと、そして自分の本を書かせていただき、テレビや講演にお声がかかること、すべては私を支えてくださる皆様からいただいたチャンスだと思っています。

その感謝の心を表わす意味でも、私はこれからも執筆活動を通じて〝愛言葉〟を世界中の方にお届けしたいと思っています。

さらに、青森市の観光大使としても、私を育ててくれた故郷・青森に恩返しをしていきたいと思っています。

そして、新しい夢に向かって次のステップを歩みたいと思います。処女作で書きましたように障害を持つ人と持たない人が一緒に働ける職場づくりを目指したいと、より強く思うようになりました。

そんな夢を実現していくため、思い切って会社を設立することにしたのです。

ただ、会社名をつけるところで悩んでしまいました。いろいろ考えたのですが、いいアイデアが出てきません。そこで、栄万の名前をつけていただいた高橋先生にお願いしました。

まずは、自分の本名である〝斉藤里恵〟を見てもらいました。

結果は……、
「嫌な感じ」「変な子」「高飛車」と、誤解されやすいそうです。

つい、名前を変えたほうがいいのか聞いてしまいましたが、

「名前を乗り越えていますので大丈夫」

と言われホッとひと安心。このままの名前で頑張ろうと思いました。

そんな、はっきりと言う先生なので（なかなか本名をよくないとは言えないですよね）、安心して会社の名前を決めていただくことにしました。

すると、先生は、

「名刺やメール、呼び名などは、里恵じゃなくて〝りーえ〟がいいよ」

とおっしゃったのです。私は、この〝りーえ〟という響きがいいなと思い、

「会社名もそれがいいのでは？」

と直感的に思いました。そこで、『㈱りーえ』と書いてみたところ、友人に、

「英語にしてみたら？」

といわれ『㈱ Lee e』にしようと思ったのです。

先生は、『㈱りーえ』は事業運がよく、『㈱ Lee e』は人気運がよいと教えてくださいました。さらに
「あなたは誤解されやすいタイプだから、人気運を優先してみたら？」

とのこと。

こうして、私の会社『㈱ Lee e』が誕生しました。

私は、栄万とともにこの新しい会社も大切に育てていこうと思います。『㈱ Lee e』から、新しい世界を発信できればと思っています。

また、子供が生まれたことで、私の世界はさらに広がり、子供に優しい洋服や化粧品、スキンケアにも興味がわいてきました。

また、『筆談ホステス』に書きました、エステサロンを作る夢もあきらめていません。

愛言葉
59

「強い意志は、人間に生まれつき備わっているものではない。それは、育てていくものなのだ」

障害者も健常者も幸せになれる場所づくりを目指して、ひとつの会社を立ち上げました。私の夢への意志は、たくさんの方に育てていただいていると感謝しています。

「強い意志は、人間に生まれつき備わっているものではない。それは、育てていくものなのだ」

これは、あの宇宙飛行士、ユーリイ・ガガーリンの言葉です。私が持つ夢への意志は、私を支えてくださるたくさんの方が育ててくれたものだと思っています。

その意志を活力に、今は小さな会社ですが障害を持つ人も、持たない人も、大人も子供も幸せで心も体も健康になれるそんな場所やものをひとつひとつ心を込めて届けていける会社として育てたい、そう願っています。

★三人

シングルマザーではなく、彼の愛情も受け入れながら、彼と協力して栄万を育てようと思っているということを周りの方に話すと、

「結婚するの？」

と聞かれることが多くなりました。

確かに、出産後、私はシングルマザーにこだわらず、流れに身を任せて、天に任せて、決めつけたりせず彼の協力、愛情をも受け入れながら育てようと気持ちが変わりました。

しかし、協力を得ながら育てることが、イコール結婚とは今のところ思えないのです。

愛言葉
60

「三人の日、それは幸せな〝春〟の日」

〝春〟という字は〝三人〟の〝日〟と書きます。
私は結婚という形を取っていませんが、栄万を含めた
3人で笑い合えれば、それが何よりの幸せだと思っています。

私たち3人なりの新しい形を作っていくことになるかもしれません。

「三人の日、それは幸せな〝春〟の日」


〝春〟という字は、分解すると〝三人の日〟と書きます。たとえ結婚という形をとっていなくとも、「三人」で過ごす日こそ、本当に幸せな、まるでポカポカ暖かい〝春の日〟なのだと私は思うのです。先のことはわかりませんが、今、この本を書かせていただいている時点では、〝父親である彼の協力も得た生活〟、そういった表現が今後の私たちなのかもしれません。

また子育ても、私なりに栄万にとってよい方法を探していきたいと思っています。

「ホステスの仕事をしながらどうやって育てるのか」

「耳が聴こえないのに、大丈夫なのか？」

いろんなご意見をいただきます。

ベビーシッターにお願いしながら銀座で働くのがよいのか、ホステスではない仕事を探すのか、それはまだ決めていません。出産も子育ても初めての経験ですから、何がいちばんよいのか、今はまだわからないからです。栄万と一緒に、母親である私も成長できるように環境を整えていきたいと思っています。

そして、耳が聴こえなくても、きっと上手に子育てをする方法があると私は信じています。

「赤ちゃんが泣いても気づかないだろう」

と心配される方もいるかと思いますが、そういう場合にも、聴覚障害者向けの子育てグッズを使えば大丈夫だと思っています。

例えば、内閣総理大臣賞を受賞した東京信友の『シルウォッチ』という、ドアホンや電話などの音を文字と振動で教えてくれる腕時計のような機器があるのですが、これがあれば赤ちゃんの泣き声も知ることができます。

ひとりでいるときはそういったグッズを使い、ときには周囲の方々のお世話になりながら、耳の聴こえるママとは方法が違うかもしれませんが、愛情を込めて育てていきたいと思います。

愛言葉
61

「人生については誰もがアマチュアなんだよ。誰だって初参加なんだ。はじめて試合に出た新人が、失敗して落ち込むなよ」

私は耳の聴こえない人生も初めてですし、
耳の聴こえない母も初めてです。失敗はするでしょう。
でも、恐れず、成長していける強い母になりたいのです。

伊坂幸太郎さんの小説『ラッシュライフ』にこんな言葉があります。

「人生については誰もがアマチュアなんだよ。誰だって初参加なんだ。はじめて試合に出た新人が、失敗して落ち込むなよ」

私は、耳の聴こえない人生を送るのも初めてですし、母親としての人生も初めてなのです。だから、どんなに心配りをしても失敗するときはしてしまうでしょう。

ただ、失敗してもそこから多くを学ぶ課題も得られると思います。そんな課題に感謝しながら日々、成長できる母親になりたいと思っております。

おわりに

耳が聴こえず、まったく音のない世界を生きる私にとって、文字から受け取る情報や気持ちは本当に貴重なもので、欠かすことができません。そして機会をいただき執筆させていただくようになって、さらにその怖さや影響力の大きさを学ばせていただきました。そんななかで聴覚障害者である私でも、執筆することで何かお伝えすることができるのではないかと、ますます考えるようになりました。

この本では妊娠、出産という、人間として女性としてとても神聖な経験を、私なりに解釈した〝愛言葉〟を用いることで、そのときどきの気持ちや思いを表現させていただきました。日々大きくなるお腹、変化する周りの環境と自分の考え方、そんなものをすべて正直に書いたつもりです。

今、私の腕の中には栄万というもうひとつの命があります。1年前には想像もつかなかったことです。そしてこれから先、どうなっていくのか……。夢や目標はありますが、想像はつきません。それでも、これまでと同じように「聴覚障害者だから、できない」とあきらめることは決してせず、何事にもチャレンジしたいと思っています。そしてその新たな一歩が子育てだと思うのです。

この本を上梓するにあたり、処女作『筆談ホステス』からご担当いただいている光文社エンタテインメント編集部の宮本修副編集長には大変お世話になりました。ありがとうございます。感謝してもしきれません。また同編集部の松永隆宏さん、ライターの上野武留

写真・Rikki Kasso、松永隆宏（ハワイ分のみ）
ヘア・TSUTOMU／ヘア＆メーク・Kaori. K（uslu airlines／ウスルエアラインズ）
衣装協力・チャコット、Rikki Kasso／撮影コーディネート・Ray O

さんにも数々の無理難題をお引き受けいただき、お世話になりました。またカメラマンのRikki Kassoさんには、マタニティヌード撮影で一生の思い出となる素晴らしい作品を撮っていただきました。また漫画家の蟹江ユアサさんには往復はがきのイラストでお世話になりました。ありがとうございました。

そして、私を青森市観光大使に任命してくださった鹿内博・青森市長はじめ、精いっぱいサポートしてくださる青森市役所の皆様、青森の友人、知人の方々、そしてハワイでお世話になった方々、全国の応援してくださる皆様、心から感謝しております。

「皆さんの支えがあるからこそ、今の私があると思っております」

両親と兄と祖母へ

「栄万を授かってあらためて家族の大切さを痛感します。本当にありがとう。そしてこれからもよろしくお願いします」

最後に、栄万へ

「生まれてきてくれて、ありがとう」

「あなたに出会えて本当に嬉しい。これからよろしくね」

そして、この本を手にとってくださった皆様へ

「感謝を込めて、ありがとうございます」

初版限定! スペシャル付録

銀座に行けない貴方に朗報!

貴方も筆談ホステス斉藤里恵さんと往復はがきで直筆!筆談ができる!!

私と筆談しませんか?

この本をお買い上げの皆さんだけに斉藤里恵さんからの粋な真心のプレゼント！　はさみ込んである往復はがきに締切り（平成22年10月末日の消印有効）までに50円切手を2カ所とオビにある応募券を貼り、所定の事項をすべて記入のうえ郵送いただければ、抽選で1万名様に斉藤さん直筆の筆談メッセージ付きはがきが返信されます！　地方在住の方や、銀座まではなかなか……という斉藤さんファン垂涎の企画です。

郵便番号、ご住所、お名前、電話番号、斉藤さんへのメッセージを記入のうえ、株式会社光文社エンタテインメント編集部　斉藤里恵係までお送りください！

※ご応募いただいた内容は、本企画および本書籍の関連企画および続編の制作にのみ使用いたします。その他の目的には使用いたしません。
※返信には時間がかかりますが、応募方法をすべて守り、締切りまでに到着したなかから抽選で1万名の皆様に必ずお返事をさしあげます。

本書をお読みになっての斉藤里恵さんへのお問い合わせ・お便りは

㈱光文社　エンタテインメント編集部
担当・宮本まで
TEL. 03-5395-8271
FAX. 03-3943-2832
E-mail o-miyamoto@kobunsha.com

筆談ホステス　母になる
ハワイより61の愛言葉とともに…

2010年7月30日　初版1刷発行

著　者　斉藤里恵
発行人　井上晴雄
発行所　株式会社光文社
〒112-8011　東京都文京区音羽1-16-6
電話　03(5395)8271　エンタテインメント編集部
03(5395)8113　書籍販売部
03(5395)8128　業務部
E-mail　exciting@kobunsha.com
URL　光文社　http://www.kobunsha.com
印刷・製本　凸版印刷

落丁本・乱丁本は業務部へご連絡くだされば、
お取替えいたします。

ISBN978-4-334-97624-8
Printed in Japan